첫사랑 49.5℃

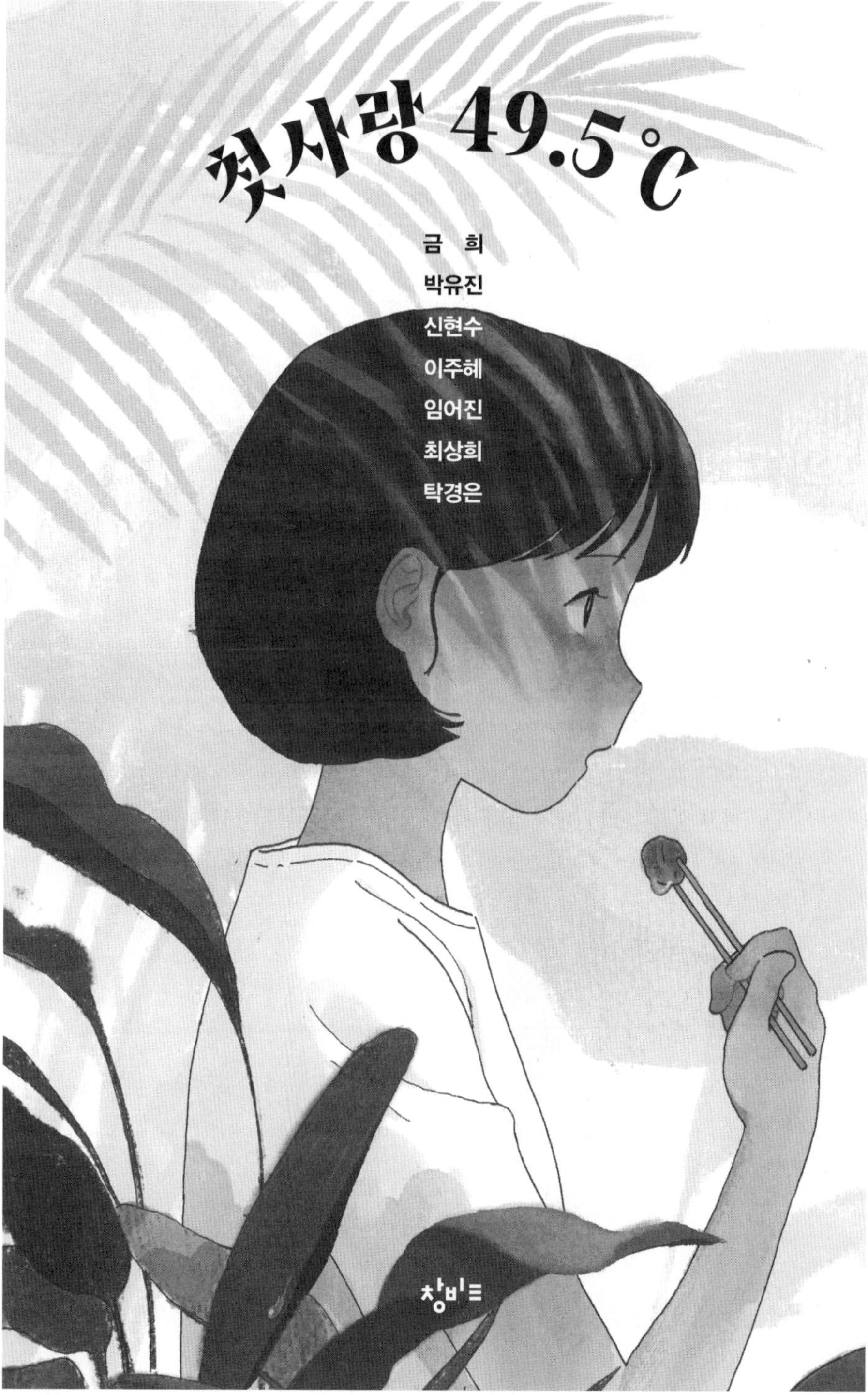
첫사랑 49.5℃
금 희
박유진
신현수
이주혜
임어진
최상희
탁경은
창비

차
례

01

첫사랑 49.5℃

신현수

2001년 샘터상에 동화가. 2002년 《여성동아》 장편 소설 공모에 소설이 당선되며 작품 활동을 시작했다. 지은 책으로는 《은명 소녀 분투기》, 《사이공 하늘 아래》, 《조선 가인 살롱》, 《그해 유월은》, 《사월의 노래》, 《내 이름은 이강산》, 《플라스틱 빔보》 등이 있다.

"여기, 우리가 부딪쳤던 데 아냐?"

공원 길을 가던 송하가 문득 걸음을 멈추고 말했다.

"맞아, 여기. 자전거 타고 우왕좌왕 비틀비틀하다가 꽝
했지!"

해준이 두 팔을 쭉 내민 채 비틀비틀 운전하다가 부딪치는
시늉을 했다.

"크크. 그랬지. 우왕좌왕 비틀비틀 꽝!"

송하는 해준의 말투를 그대로 따라 했다. 재미있어서, 녀
석이 마냥 좋아서.

열흘 전, 송하와 해준은 각자 자전거를 탄 채 공원 한가운
데에 있는 도서관 앞길에서 마주쳤다. 둘은 서로를 피하려고

핸들을 꺾었지만 계속 같은 방향이 돼 버렸고, 우왕좌왕 비틀비틀하다가 꽝 부딪치고 말았다.

그날부터 둘은 '오늘부터 1일'을 선언했다. 초등학교부터 중학교 2학년인 지금까지 세 번이나 같은 반이었어도 아무 관심이 없었는데, 정면에서 꽝 부딪치면서 서로 눈이 번쩍 뜨였던 것이다.

해준은 송하에게 자타 공인 인생 첫 남친이었다. 송하 또한 해준에게 인생 첫 여친이었고……. 그리고 금요일인 오늘은 바로바로 역사적인 D+10일. 둘은 함께 맛있는 것도 먹고, 영화도 보고, 코인 노래방에도 가면서 이날을 자축하기로 했다.

7월 초순이라 날씨는 꽤 더웠다. 하지만 송하는 해준과 나란히 걸어가는 공원 길이 시원하기만 했고, 가슴속은 설렘으로 가득했다.

아무리 뜯어봐도 잘생긴 구석이란 없고 공부도 중간, 키도 중간, 모든 게 중간인 녀석인데 송하는 해준이 좋았다. 숱 많은 눈썹 아래 길쭉한 외까풀 눈매, 무뚝뚝한 것 같지만 어쩌다 웃으면 덧니와 함께 드러나는 촌티 섞인 순수함, 넙데데한 두 뺨에 돋아난 서너 개의 여드름, 살짝 허스키한 목소리……. 해준의 모든 것이 송하에겐 '볼매'였다. 절친 연서는 해준이야말로 '흙에 살리라.'를 선언한 농촌 총각 그 자체라며 놀리지만……. 아, 또 하나 있다. 그림 솜씨가 제법인 해준은 아이들에게 캐리커처를 곧잘 그려 주는데, 그 모습이 피카소처럼 근사해 보여 그것도 송하는 좋았다.

아무튼, 다시 공원 길을 걸어가다가 송하는 문득 한 가지가 궁금해졌다.

"근데, 너 그날 왜 그렇게 비틀비틀했어? 자전거 처음 타는 애처럼 엄청 비틀거리면서 오더라? 앞도 제대로 안 보고."

"아, 그거? 너, 비틀스 알아? 전설적인 영국의 4인조 록 밴드. 60, 70년대에 세계를 주름잡았던 레전드 중의 레전드!"

자랑거리라도 말하는 양 해준이 빙긋 웃으며 대답했다.

"비틀스? 들어 본 것도 같고. 근데 왜?"

쉬는 날이면 아빠가 옛날 팝송을 곧잘 틀어 놓는데, 그 노래들 가운데 하나일지도 몰랐다.

"내가 비틀스 마니아거든. 그날도 비틀스 노래를 듣고 가느라 자전거를 비틀비틀 몬 거야. 내가 비틀스 노래만 들으면 그냥 흠뻑 빠져서 아무것도 안 보이거든."

"개그 하니? 비틀스 노래 듣다가 자전거를 비틀비틀 몰았다고? 그렇게 노래에 취할 정도면 자전거 타면서 들으면 안되지. 조심해."

송하가 웃으며 말하자 해준이 손가락 두 개를 OK 모양으로 오므리며 대답했다.

"옙! 나 윤해준은 여친 한송하의 말을 절대적으로 따르겠습니다!"

그런데 느닷없이 해준이 송하의 두 어깨를 잡더니 자기 앞에 똑바로 마주 세웠다.

"뭐야, 왜?"

송하가 묻자 해준은 살짝 얼굴을 붉혔다. 하지만 곧 송하를 똑바로 바라보며 또박또박 말했다.

"이 얘기……, 꼭 하려고 했는데 지금이 딱인 거 같아서. 뭐냐면……, 그날 네가 내 안에 들어왔어. 비틀스 노래를 뚫고 불쑥……. 한송하, 난 네가 좋아."

헐! 뭐지, 이 고전적 대사는? 그리고 뭐? 비틀스 노래를 뚫고 내가 들어가? 어리둥절 알쏭달쏭했지만 송하는 이내 심쿵하고 말았다.

헉, 나 난생처음 고백 받은 거임? 우와, 윤해준이 이렇게 기습 고백을 할 줄이야. 송하는 날아오를 듯 기뻐 살짝 물었다.

"정말? 내가 왜 좋아? 어디가 좋아?"

"음, 넌……. 해맑고 씩씩해. 천방지축 느낌은 살짝 있는데 그것도 좋아. 개성도 팍팍 넘치고, 목소리도 과일처럼 아삭

아삭해."

"음. 뭐 내가 한 씩씩, 한 개성 하기는 하지. 근데 그거뿐이야?"

"아니, 더 있는데 나중에 말해 줄게. 한꺼번에 다 말하면 재미없잖아."

"알겠어. 나중에 꼭 말해 주라. 그리고 나도 너 좋아. 아주 많이!"

송하도 덩달아 기습 고백을 해 버리고 말았다. 해준은 눈을 휘둥그레 떴다가 하늘로 눈길을 돌리며 딴전을 피웠다. 시간이 멈춘 듯 계절이 정지한 듯 둘 사이엔 정적이 흘렀다. 그러고 있는데 고추잠자리 한 마리가 획 날아들었다. 잠자리는 둘 사이를 한 바퀴 빙그르르 돌고 유유히 날아가 버렸다. 둘은 고추잠자리를 눈으로 좇다가 동시에 풋, 웃음을 터뜨렸다.

*

조금 뒤 송하는 분식점 창가 자리에 해준과 마주 앉았다. 연서가 강추한 곳인데 널찍한 유리창 너머로 공원 풍경이 한눈에 들어왔다. 편의점 같은 데서 음료나 아이스크림을 사

먹은 적은 있지만 해준과 '밥'을 함께 먹는 건 처음이라 송하는 마냥 들떴다. 마주 앉아 맛난 걸 함께 먹고 얘기도 하며 해준과 더 가까워지고 싶었다.

송하는 창밖 여름 공원을 잠시 구경하다가 벽에 걸린 메뉴판을 보며 명랑하게 말했다.

"난 눈꽃 치즈 돈가스 먹을래. 너는?"

웬걸, 해준은 엉뚱한 대답을 했다.

"송하야, 그거 말고 딴거 먹으면 안 되겠니?"

"왜? 아, 커플 세트 시키려고 그러는구나? 맞아, 연서가 여기 커플 세트 가성비도 좋고 맛있다더라. 그럼, 커플 왕돈가스 세트나 럽럽 치킨 세트 시킬까? 아니면 하트 뿅뿅 스테이크 볶음밥 세트? 난 다 좋아."

메뉴판에 있는 커플 메뉴를 줄줄이 읊으며 송하는 손뼉까지 쳤다. 남친이 생기면 꼭 커플 세트를 먹어 보고 싶었기 때문이다. 하지만 해준은 또 엉뚱한 소리를 했다.

"그게 아니라……. 좀 미안한데…… 고기 안 들어간 메뉴를 시켰으면 해서. 네가……고기 안 들어간 음식을 먹으면 좋겠어."

송하는 어리둥절했다.

"뭐? 왜 그러는데? 난 1끼 1고기파라서 하루 세끼 꼬박 고

기를 먹어야 하거든? 한 끼라도 고기를 안 먹으면 졸도할 수
도 있다고!"

이렇게 말하다가 송하는 급히 입을 다물었다.

앗, 윤해준 혹시, 울 언니 한송미랑 같은 과?

"너, 혹시 채식주의자니? 비건이야? 그래서 나더러도 고기
먹지 말라는 거야?"

송하는 다짜고짜 물었고 해준은 고개를 끄덕였다.

"어, 맞아. 근데…… 아직 비건까지는 아니고, 그렇게 되도
록 노력 중이야."

오 마이 갓……! 이 무슨 황당한 사태인가. 지금은 캐나다
밴쿠버로 워킹홀리데이를 가서 없지만, 송하는 작년에 언니
때문에 무지 불편했다. 언니가 느닷없이 '비건 지향적 삶'을
선언하면서 육식하는 사람들을 야만인처럼 대하고, 식구들
한테까지 채식을 하라며 들들 볶았기 때문이다. 그런데 인생
첫 남친이 채식주의자라니!

송하가 할 말을 잃고 멀뚱히 있는데 종업원 아주머니가 다
가와 말했다.

"학생들, 주문해야지. 뭐 먹을래요?"

"네! 곧 시킬게요. 조금만 기다려 주세요."

상냥하고 씩씩하게 대답은 했지만 주문이 문제가 아니었

다. 송하는 해준에게 물었다.

"왜 고기를 안 먹는데? 언제부터 그랬는데? 혹시 고기 알레르기 같은 거 있니?"

언니처럼 동물 복지니, 환경 보호니, 기후 위기니, 그런 거창한 이유가 아니고 혹시 알레르기 같은 특별한 까닭이라도 있다면 둘이서 만날 때만이라도 맞춰 줄까, 하는 생각이었다. 그러나 해준은 고개를 가로저었다.

"아니, 알레르기는 없어. 다큐멘터리 보고 충격을 받아서 그래. 고기 안 먹은 지는 한 달쯤 됐고."

헉! 다, 다, 다큐 때문이라니! 언니랑 똑같네! 언니도 무슨 다큐를 보고 나서 비건이 되겠다며 중대 발표를 했는데! 동물권을 지키고 지구 환경도 보호하고 기후 위기도 막아야 한다면서 음식뿐만 아니라 화장품, 옷, 가방, 신발 같은 것까지 동물을 착취해서 만든 건 절대 절대 소비하지 않겠노라며 비건 광신도처럼 굴었는데!

송하는 생각했다. 이 녀석이 만약 언니처럼 군다면 사귀는 걸 재고할 필요가 있다고. 아무리 좋아하는 첫 남친이라지만, 송하는 하라는 대로 호락호락 따를 수는 없었다. 무엇보다도 한 번 사는 인생 그렇게 힘들게 살고 싶지 않았다. 내 한 몸 보호하기도 힘든 세상, 어떻게 동물 보호하고 환경 보호하고 지구 보호하고 그러면서 살겠는가? 무엇보다도 1끼 1고기를 포기하느니 첫사랑을 포기하는 게 나을 것 같았다.

그래도 해준을 아직 쉽게 떠나보낼 수는 없었다. 조금 더 알아내고 싶어 송하는 물었다.

"알겠고, 근데 무슨 다큐를 봤는데? 왜 봤는데?"

기다렸던 질문이라는 듯, 해준이 진지하게 대답했다.

"아, 내가 비틀스를 좋아한다고 했잖아? 근데 비틀스 멤버 중에서도 폴 매카트니라는 아티스트를 제일 좋아하거든. 그 폴 매카트니가 채식주의자더라고. 그러다 보니 육식과 채식에 대해 알아보게 됐고 여러 다큐까지 보게 됐어."

헐, 노래를 좋아하다가, 아티스트를 좋아하다가, 육식을 걷어차고 채식을? 송하는 한숨을 내쉬었고 해준은 말을 이었다.

"다큐가 너무 끔찍하더라. 공장식 축산이라고 너도 알지? 축사를 거대한 공장처럼 만들어 놓고 소, 돼지, 닭을 사육하는 거 말이야. 근데 얼마나 끔찍한 환경에서 키우고 잔인하게 도축하던지, 다큐들을 보고부터는 고기를 절대 못 먹겠더라고. 고기 요리만 나오면 피 냄새가 올라오는 것 같고……. 삼겹살을 먹을 때면 돼지가 보이고……. 치킨을 먹을 때는 닭이 아른거리고……. 그전엔 고기를 엄청 좋아했는데 말이야."

'고기'를 떠올리는 것조차 힘든지 해준은 고개를 설레설레 흔들었다. 송하도 듣기가 거북했다. 끔찍한 광경도, 피 냄새 도 고스란히 전달되는 것만 같아서.

"근데 육식의 문제는 그것뿐이 아니더라고. 지구 온난화 랑 기후 위기, 그런 거 너도 알지? 그걸 일으키는 가장 큰 주 범이 공장제 축산업이래. 축사에서 가축들을 키우고 도축하 는 과정에서 엄청난 탄소를 배출하고 그게……."

해준이 이야기를 이어 갔지만 송하는 말허리를 뚝 잘랐다.

"알아. 우리 언니도 맨날 그런 얘기 읊어댔어. 환경 특강 같은 거 할 때도 많이 들었고."

해준의 두 눈이 반짝 빛났다. 드디어 인생 동지를 만났구 나, 하는 눈빛이었다. 그러나 송하는 D+10일에 남친과 마주 앉아 이런 이야기를 하고 싶지 않았다. 그저 맛있는 음식을 함께 먹고, 좋아하는 영화도 보고, 놀이공원에도 가고, 노래 방에도 가면서 달달한 시간을 보내고만 싶었다. 동물 보호, 환경 보호, 지구 보호 같은 건 한송하의 첫사랑 노트에 기록 할 내용이 아니었다. 더욱이 남친을 따라서 함께 채식주의자 나 비건이 될 생각일랑 손톱만큼도 없었다.

그러자 자연히 마음이 상했다. 송하는 조금 싸늘하게 말했다.

"채식하는 건 네 마음이고 네 생활 방식이니 내가 상관할 바 아니라고 생각해. 근데 왜 나한테까지 고기를 먹지 말라고 해? 언니도 나한테 채식 강요해서 엄청 싫었거든. 지금은 캐나다 갔지만."

해준이 눈썹을 찌푸리며 곤혹스러운 표정을 지었다.

"아, 언니 때문에 그랬구나. 맞아, 너한테는 네 맘대로 음식을 선택할 자유가 있지. 근데 우리 서로 고백도 했고, 서로 좋아하잖아. 그래서 너도…… 나처럼 채식을 하면 좋겠다는 거야."

"뭐라고? 그게 무슨 말이야? 너무 어렵다."

"무슨 말이냐면…… 내가…… 너를 좋아하기 때문에 네가 고기 먹는 모습을 보는 게 괴로울 거 같아. 그래서 네가 고기를 안 먹으면 좋겠어. 어휴…… 왜 이렇게 말이 엉키냐. 내가 무슨 말을 하는지 나도 모르겠네."

송하도 해준의 말뜻을 알 수가 없었다. 확실한 건 기다리고 기다리던 D+10일을 윤해준 때문에 망쳤다는 것. 기분을 잡쳤다는 것. 그때 다시 아주머니가 카운터 쪽에서 소리쳤다.

"학생들! 주문 안 해? 기다리다 목 빠지겠네."

어차피 뭘 먹고 싶은 생각일랑 지구 너머 안드로메다로 사라졌고, 커플 세트도 눈꽃 치즈 돈가스도 못 먹게 돼 버렸다. 뭔가 엉망진창 꼬인 것 같아 송하는 자리에서 일어섰다.

"나 먼저 갈게. 기분이 안 좋아."

송하는 미련 없이 분식점을 나와 버렸다. 해준은 고개를 푹 숙였을 뿐, 따라 나와 붙잡지 않았다.

＊

공원 길을 가로질러 송하는 급히 집으로 향했다. 집은 공원 끝자락 조그만 주택 단지에 있었다. 대문 키를 누르고 마당에 들어섰을 때 예상대로 집에는 아무도 없었다. 아빠는 버스 운전을 하고 있을 시간이고, 숲 해설사인 엄마는 유치원 아이들과 숲에 가는 날이라고 했고, 언니는 밴쿠버에 있으니까.

송하는 방으로 들어가 책가방을 내팽개친 채 침대에 누웠다. D+10일을 망친 게 너무 속상했다. 기분이 안 좋아 먼저 오긴 했지만, 해준과 앞으로 어떡해야 할지 그것도 고민스러웠다.

그때 연서가 카톡을 보냈다.

― 송하야, 어케 된 거임?

너 윤해준이랑 D+10일 이벤트 한다고 했자나.

길에서 걔 만났는데 너 먼저 갔다더라.@@

뭔 일? 웬일???

에구, 칠칠맞은 녀석. 하필 고연서한테 걸리다니. 할 수 없이 송하는 침대에서 일어나 간단하게 답장을 보냈다. 그러자마자 연서가 호들갑스럽게 영상 통화를 걸어왔다.

"어머, 윤해준이 너더러 고기 먹지 말래? 어떻게 먹는 걸 제 취향대로 하래? 가스라이팅 같은데?"

송하는 깜짝 놀랐다, 가스라이팅이라니!

"연서야, 그러지 마. 가스라이팅이 얼마나 무서운 건데. 윤해준 그런 애 아냐, 내가 알아."

그랬다. 비록 분식점에서는 먼저 나왔지만 송하는 해준이 그렇게 나쁜 애는 아니라고 믿었다. 비틀스를 말할 때, 채식과 육식과 다큐에 대해 설명할 때, 해준의 눈빛은 가스라이팅과는 전혀 거리가 멀어 보였다. 그러자 연서도 한발 물러섰다.

"미안해, 심하게 말해서. 예전에 내 옷차림이랑 헤어스타

일 갖고 이러쿵저러쿵한 녀석 때문에 내가 데었잖아. 그래서 그래. 암튼 이제 어떡할 건데?"

"몰라. 일단 그냥 집에 온 거야. 아무래도 헤어져야 할까 봐. 너도 알잖아, 나 고기 좋아하는 거. 언니 때문에도 힘들었고. 윤해준도 그럴까 봐 걱정돼."

"그렇구나. 하긴 너나 나나 고기를 좋아해서 채식주의자는 못 될 거야. 음식 취향 안 맞으면 사귀기도 힘들고. 잘 생각해."

"그래. 근데 나 피곤하거든. 전화 끊을게."

"알았어. 쉬셈."

연서와 영상 통화를 끝낸 뒤 송하는 인터넷을 검색해 보았다. 연서 말이 맞는 것도 같았다. 사소한 것이라도 상대를 어떤 식으로든 간섭하고 통제하려는 건 가스라이팅이라는 게 여러 심리학자, 연애도사의 설명이었다.

"그래도 그건 아니겠지. 아냐, 만약 그런 낌새가 조금이라도 있으면 당장 헤어져야 해. 휴우."

답답해서 한숨을 내쉬는데, 만두가 사뿐사뿐 와서 무릎 위로 풀썩 뛰어올랐다. 송하는 만두를 내려다보며 말했다.

"만두야. 흐윽, 언니가 오늘 넘 속상해. 윤해준이라는 놈 때문에. 위로해 주라, 응?"

만두가 호박색 눈으로 올려다보며 고개를 갸웃했다. 송하
는 만두를 끌어안고 새하얀 등 털을 가만가만 쓸어내렸다.
그런데 오늘따라 등뼈와 뭉클한 속살이 손에 잡히며 서늘한
느낌이 들었다. 만두를 꼭 안고서 등 털을 쓸어내리면 힘든
날도 저절로 힐링이 되곤 했는데. 송하는 화들짝하며 만두를
내려놓았다.

"어휴, 오늘따라 만두까지 이상하네. 아니, 내가 이상한 건
가? 만두야, 너 저리 갈래?"

만두는 실망한 눈빛으로 흘깃흘깃 눈치를 살피면서 저쪽
으로 가버렸다.

＊

"한송하, 집에 있었네. 학원 안 갔어?"

엄마가 거실로 들어서며 소리쳤다. 이어폰을 끼고 비틀스
노래를 듣던 송하는 깜짝 놀랐다. 비틀스 멤버 중에서도 해
준이 가장 좋아하는 폴 매카트니가 작곡했다는 〈Hey Jude〉
였다. 영어 가사가 애매해서 무슨 뜻인지는 정확히 알기 힘
들었지만 멜로디가 너무 좋았다. 해준과 어떡하는 게 좋을지
고민하다가 호기심에 비틀스 노래들을 찾아봤는데 들으면

들을수록 이 노래에 마음이 꽂혔다.

송하는 얼른 귀에서 이어폰을 빼고 얼렁뚱땅 둘러댔다.

"엄마 왔어? 오늘 학원 휴강이야."

원래는 수학 학원에 가는 시간인데, 땡땡이치고 해준과 D+10일 이벤트를 하려던 것이었다.

"그럼 오늘 저녁은 마당에서 삼겹살이나 구워 먹자. 저녁나절엔 바람이 불어서 안 더울 거야. 아빠도 곧 온댔어."

"응. 알았어요."

송하는 흔쾌히 대답했다. 해준과의 D+10일 이벤트를 고려해 점심 급식도 먹는 둥 마는 둥 해서 배가 많이 고팠다. 아무리 속상한 일이 있어도 끼니를 거르거나 하는 성격도 아니고.

엄마를 도와 마당 텃밭에서 상추를 뜯고 풋고추며 오이도 따서 씻고 있는데 아빠가 왔다. 셋은 마당 평상에 앉아 휴대용 가스레인지에 불판을 올려놓고 삼겹살을 구워 먹기 시작했다. 6시가 넘었지만 여름 저녁이라 사방은 훤했다. 낮에는 꽤나 덥더니 저녁이 되니 엄마 말대로 바람도 선선히 불었다.

송하는 삼겹살이 구워지는 대로 상추에 싸서 허겁지겁 먹었다. 싱싱한 풋고추와 오이도 쌈장에 푹푹 찍어 아삭아삭 씹어 먹었다. 해준 때문에 스트레스를 받은 탓일까, 오늘따라 삼겹살도, 푸성귀도 너무 맛있었다.

'이렇게 맛있는 삼겹살을 먹지 말라고? 그럴 수는 없지. 남친 때문에 먹고 싶은 걸 안 먹을 수는 없어.'

신나게 삼겹살을 먹고 있는데 언니가 문자 메시지와 사진을 가족 단톡방에 보내왔다. 문자는 '더워서 못 잠'이라는 딱 다섯 글자였고, 사진엔 네모나고 길쭉한 기계 같은 게 찍혀 있었다.

"더워서 못 자? 밴쿠버는 지금 새벽일 텐데?"

엄마가 걱정을 했고 송하는 사진을 확대해 보았다. 실내 온도계의 위쪽 네모난 창에 '33.0'이라는 숫자가 표시돼 있었다.

이게 뭐지, 하면서 궁금해하는데 언니가 영상 통화를 걸어왔다. 송하는 버튼을 눌러 언니와 연결했다.

"아아악! 너무 더워! 지금 새벽 5시인데 실내 온도가 33도야! 더워서 잘 수가 없어."

다크서클이 턱까지 늘어진 얼굴로 언니가 소리쳤다. 엄마가 휴대 전화에 얼굴을 들이밀고 물었다.

"새벽인데 33도라고? 왜 그렇게 더워? 에어컨 켜면 안 돼?"

"엄마는! 에어컨이 어디 있어. 여긴 원래 여름에도 안 더워서 집집마다 에어컨 없어. 근데 지금 완전 폭염이야. 요새 계속 낮에는 40도 넘었어. 120년 만의 폭염이래. 지구가 미쳤어! 날씨가 미쳤어!"

"뭐? 40도?"

아빠가 놀라 소리쳤고 언니가 다시 말했다.

"40도는 아무것도 아냐. 지금 날마다 계속 기온이 올라가서 폭염 주의보가 발령됐고 곧 49.5도까지 올라갈 수도 있대! 지금도 펄펄 끓어서 죽을 것 같은데 49.5도면 진짜 큰일이야."

"49.5도? 실화야? 아이고, 큰일이네."

"우짜나! 우리 큰딸 힘들어서! 냉수 목욕이라도 해 봐!"

엄마 아빠가 안타까워하며 차례로 말했다. 그런데 갑자기 언니가 빽 소리를 질렀다.

"뭐야, 지금 삼겹살 먹는 거야? 내가 제발 육식 좀 하지 말고 채식하라 했잖아! 나 없으니까 셋이서 아주 맘껏 고기 먹는구나?"

영상 통화 화면에 휴대용 가스레인지며, 불판, 삼겹살이 비친 것 같았다. 셋은 아무 대꾸를 못 했고, 언니는 폭염에도 이열치열을 실천하려는 듯 꿋꿋이 환경 보호 관련 연설을 이어 갔다.

"밴쿠버가 사상 최악의 폭염으로 고생하는 게 기후 위기 때문인데, 고기 좀 안 먹으면 덧나? 밴쿠버뿐 아녜요, 북미 이 쪽이 다 그렇다고요. 육식 때문에 기후 위기가 심각해지고 공장제 축산업이 탄소 배출의 가장 큰 주범이고…….”

그런데 갑자기 화면이 훅 꺼지면서 영상 통화가 중단되었다. 송하가 다시 연결을 시도했지만 잘 되지 않았다. 가끔은 카톡 연결이 안 될 때도 있기에 송하는 일단 휴대 전화를 내려놓았다. 엄마 아빠가 한숨을 내쉬며 한걱정을 했다.

“송미가 엄청 힘든가 보네. 폭염에 열사병 같은 거 걸리면 안 되는데.”

“그러니깐. 우리 큰딸 머나먼 타국에서 고생하는 걸 보니 식욕이 싹 사라지네. 얼른 상 치우자, 치워.”

이미 먹을 만큼 먹기도 했지만 송하도 삼겹살을 더는 먹고 싶지 않았다. 기온이 40도가 넘는다니. 49.5도까지 올라갈 수도 있다니. 언니가 너무 걱정되었다.

*

하룻밤이 지나 토요일 아침이 되었다. 언니에게선 다행히 다시 카톡이 왔다. 살인적인 폭염 때문에 많이 힘들지만 잘 버틸 테니 걱정 말라는 내용이었다. 삼겹살 어쩌고, 육식

어쩌고, 기후 변화 어쩌고, 동물권 어쩌고 하는 잔소리도 잊지 않고 늘어놓았다. 원래 씩씩하고 어려움을 잘 헤쳐 나가는 언니이기에 송하는 마음을 놓았고 엄마 아빠도 그런 눈치였다.

문제는 해준이었다. 녀석은 밤새 아무런 연락이 없었다. 혹시 카톡이라도 올까, 전화라도 올까 기다리다 송하는 간밤에 잠을 완전히 설쳐 버렸다.

나쁜 녀석, 못난 녀석, 괘씸한 녀석, 완전 심하게 멍청한 녀석! 그깟 고기가 뭐라고, 육식과 채식이 뭐라고 나한테 이따위로 굴어! 넌 내 인생에서 완전 아웃이야. 나 한송하한테 아웃당한 걸 평생 후회하면서 비틀스 노래나 듣고 살아라! 백세토록 토끼랑 염소처럼 풀만 뜯어 먹고 살아라! 그래 좋아. 오늘 쿨 하게 끝내고 말 거야.

송하는 결심을 굳혔다. 그런데 이건 또 뭔 일? 머리가 딱딱 아프고 가슴도 답답하면서 온몸에 열이 훅훅 치솟는 것 같았다. 체온계로 잰다면 밴쿠버 폭염 49.5도쯤은 거뜬히 맞먹을 정도로. 실은 아침부터 이런 것이 아니라 어젯밤부터 그랬다.

아, 몸이 왜 이러지? 이게 그 약도 없다는, 첫사랑이 깨질 때 걸린다는 첫사랑 열병인가? 으악. 안 돼! 이겨 내야 해, 한

송하!

생각해 보니 아직 아침을 먹지 않은 상태였다. 첫사랑 열병에 걸려 꽃다운 열다섯 살에 생을 마감할 수는 없기에 송하는 터덜터덜 주방으로 갔다. 어제 남은 삼겹살을 넣어 끓인 듯한 김치찌개 냄비가 인덕션 위에 놓여 있고, 식탁 위엔 엄마가 쓴 메모가 투명 테이프로 붙여져 있었다.

송하야, 엄마 광릉 숲 가니까 김치찌개랑 아침 꼭 챙겨 드셈.
아빠도 새벽반이라 일찍 출근했음.
냉장고에 계란말이, 소고기 장조림도 있다.
저녁에 BOA! ♡ ♥ ♡

하지만 김치찌개도 계란말이도 장조림도 먹고 싶지 않았다. 언제나 몸이 안 좋을 때면 다진 소고기를 듬뿍 넣은 매콤달콤 고추장 떡볶이가 당겼다. 장래 희망 목록에 요리사도 있기에 떡볶이 정도는 혼자 뚝딱 만들 수도 있고…….

송하는 냉장고를 열어 떡볶이 떡과 대파, 당근을 먼저 꺼내고 다진 소고기가 담긴 지퍼 백을 들어 올렸다. 그런데 문득 지퍼 백 아랫부분에 벌건 피가 고여 있는 게 눈에 들어왔다.

섬뜩한 느낌에 놀라 냉장고 문을 닫는 순간, 휴대 전화가 진동하며 카톡이 왔다. 소고기 핏물 때문에 놀란 가슴을 쓸어내리며 보니 해준이 보낸 것이었다. 동영상 파일인데 검정색 바탕에 하얗고 세모난 플레이 버튼만 있어서 뭔지 짐작할 수가 없었다.

살짝 긴장됐지만 송하는 플레이 버튼을 터치했다. 'to 송하, from 해준'이라는 자막이 윗부분에 보이면서 그 아래에 '밤새 잠 안 자고 열작한 것임'이라는 글귀가 한 글자씩 차례차례 나타났다. 이어 귀에 익은 노래가 배경 음악으로 깔리며 컬러 그림 여섯 컷이 영화 필름처럼 이어졌다. 노래는 비틀스의 〈Hey Jude〉이고, 그림은 송하와 해준을 닮은 여자애와 남자애를 웹툰처럼 그린 것이었다. 여섯 개의 그림 속 여백에는 정겨운 손글씨로 이런 글이 적혀 있었다.

한송하, 마음 많이 상함???

내가 말을 좀 헷갈리게 했는데
너한테 꼭 채식만 하라는 건 아니야.ㅠㅠ

내가 널 많이 좋아하니까

내가 좋아하는 걸

너도 같이 좋아하면 좋겠다는 정도?

헐! 이 말 알쏭달쏭하지?

나도 달쏭알쏭함.@@@

암튼 오늘 D+11일이자나.

저녁 때 만나는 거 어떰?♡

송하는 동영상을 보며 웃음을 터뜨리고 말았다. 언제 왔는
지 만두가 "야옹~." 하며 신비로운 소리를 냈다.

작가의 말

기후 위기와 청소년의 삶을 연결해 소설을 쓰는 일은 그 어떤 작업보다도 막막했다. 기후 위기에 대한 책과 자료, 다큐멘터리를 아무리 보아도 도무지 감이 오지 않았다.

그러던 어느 날 나는 무릎을 탁 쳤다.

'아, 육식과 채식에 관한 얘기를 쓰면 되겠다! 기후 위기의 주범 중의 하나가 육식이라잖아!'

웬만한 지인은 다 아는 사실이지만 나는 초등학생 때부터 채식주의자로 살아왔다. 내 어린 시절에는 흔한 일이었음에도, 이웃집의 가축 도살 장면을 목격하고 큰 충격을 받았기 때문이다. 그렇지만 '비건'까지는 아니고 '페스코 베지테리언'이다. 육류는 절대 못 먹어도 유제품과 달걀, 해산물은 먹

는다. 그렇기에 내 경험까지 살짝 녹인다면 육식과 채식 이
야기를 중심으로 기후 위기에 관한 청소년 소설을 쓸 수 있을
것 같았다.

마침 내가 이 소설을 구상하던 작년 여름에는 사상 최악
의 폭염이 북아메리카 중서부 지역을 강타했다는 소식이 연
일 국제 뉴스를 장식했다. 이에 기후 위기 – 육식과 채식 – 폭
염 – 첫사랑을 연결시켜 쓴 작품이 바로 이 〈첫사랑 49.5℃〉
다.

우리 청소년들이 이 소설을 읽고 일주일에 하루, 아니 단
한 끼라도 채식을 실천해 보면 어떨까 싶다.

02

유채꽃 피는 여름

금희

2007년 《연변문학》 주관 윤동주신인문학상을 수상하고,
2014년 《창작과비평》에 단편 「옥화」를 발표하며 작품 활동을
시작했다. 2016년 신동엽문학상을 받았다. 지은 책으로는
《천진 시절》, 《세상에 없는 나의 집》, 《슈뢰딩거의 상자》 등이
있다.

끼기긱. 차가 서서히 멈췄다.

창문 너머 멀리 따라오던 누런 바위산들도 스즈즉 멈춰섰다.

하늘은 전에 없이 높고 푸르렀다. 그런 신비하고도 낯선 색감은 L시 지역, 또는 보통의 평원 지대 상공에서는 결코 볼 수 없는 것이었다. 조(兆)는 창문에 이마를 가만히 맞댔다. 심하게 말라 갈라 터진 바위산 위에서 유백색의 태양이 홀로 작열하고 있었다. 이번에도 역은 아니었다.

앞뒤를 기껏 살펴도 단촐한 역사는커녕, 작고 허름한 판잣집 하나 보이지 않았다. 철로를 따라 길게 한 줄 선 백양나무들만이 촘촘한 잎사귀를 수줍게 나붓거렸다. 이제 곧 맞은편 방향에서 미친 듯한 속도로 달려오는 고속 열차에 조가 탄 완행열차는 온몸을 부르르 떨 것이다. 세상이 이렇다. 그러잖아도 느린 차인데, 느리게 달린다는 이유로 빨리 달리는 차들을 만날 때마다 번번이 정차해 기다려 줘야 하는 몫까지 맡아야 한다. 완행열차일수록 연착이 더욱 심해지는 까닭이다.

그러게 최소한 K 자 계열의 차(시속 120킬로미터로 가장 느린 차)는 피했어야 한다고. 원(云)이 곱씹었다. 어젯밤 10시, 중국 지도의 '수탉 머리' 가운데 위치한 L시에서 출발한 지 장장 열여덟 시간, 종점까지 절반 남짓 거리를 달렸을 뿐인데 이미 40분 연착되었다는 안내 방송에 원은 기가 질린 모양이었다. 공익 활동이니만큼 자원자들의 경비를 최대한 아끼자는 취지에서 표 값이 싼 열차를 택한 결과였다. 다음에는 좀 더 비싸더라도 빠른 열차 편으로 골라야 한다고 원이 팀장 언니 앞에서 푸념을 늘어놓았다.

'다음'이라니, 내게 '다음'이 또 있을까. 조는 손가락으로 창문을 긁으며 픽 웃었다. 발밑이 덜덜덜 떨려 오기 시작했다. 이번 여행길을 통해 귀에 익은 익숙한 굉음이 어마어마한 속도로 그들을 향해 사납게 덮쳐 왔다. 번쩍이는 장군의 대도가 적장의 머리를 내리치듯, 고속 열차의 기세에는 추호의 망설임도 없었다. 차라리 이런 태도가 나을지도 몰랐다.

어차피 통과해야 할 아픔이라면 짧고도 강렬하게 겪어 버리는 것이.

"하지만 딸아, 네 아빠에게도 시간을 줘야 하지 않겠니."

중3이었던 조가 힘들어하고 방황할 때마다 어머니는 그렇게 말했다. 이번 여름, 대학교 2학년 2학기를 마친 조에게 어머니는 여전히 그렇게 말했다.

"알아, 나도 다 안다구. 하지만 딸아, 단칼에 해결 볼 일은 아니잖니."

이제 더 이상 아무도 기다려서는 안 된다는 것을 조는 그때 깨달았다. 아버지는 전처와 그녀의 아들, 그리고 다른 젊은 여자와 어머니 사이에서 끊임없이 방황하고 있었고, 어머니는 남편이 언젠가는 그녀가 '제조한' 사랑만이 진품이라는 것을 깨닫고 돌아오리라는 환상에 골수까지 감염돼 있었다.

그렇다면, 집을 떠날 연습을 해야 하는 쪽은 조였다. 될수록 멀리, 낯선 오지 산골로 떠나야겠다고 조는 마음을 먹었다. 해마다 조국의 오지 산골을 누비며 공익 활동을 하는 단체가 있다는 것을, 생각보다 자원자가 많다는 것을 조는 이번 어린이 야영회 행사 신청을 통해 처음 알았다. 20, 30대의 직장인이 많았고 끝까지 남은 대학생 자원자는 조와 원 둘이었다. 그녀들까지 포함해 모두 열 명인 팀에 둘은 같이 배정됐다. 떠나기 한 달 전부터 매주 한 번 정기적으로 만나 교육을 받고 나눔을 하고 행사에 필요한 물품들을 준비했다.

"기억하세요. 우리의 취지는 그곳에 있는 아이들을 돕는 것이지, 관광이나 개인적인 체험을 해 보려는 것이 아닙니다. 한마디로 우리의 초점은 현지 애들이 되어야지 우리 자신이 되어선 안 된단 말입니다……."

교육을 받을 때 자원봉사 생활 8년 차라는 팀장 언니에게서 가장 많이 들은 말이었다.

행사에 지원하게 된 동기에 대한 나눔에서 조는 이렇게 말했다.

"좀 더 강인해지고 싶고, 연단을 겪고 싶고, 살아가는 것에 대한 의미를 생각……. 아 네, 자신을 위한 것 말고 다른 이유라면…… 그냥 거기 있는 아이들과 재밌게 잘 놀아 주고 싶어서요. 아이들에게 즐거운 여름 방학을 선물하고 싶습니다……."

나눔은 화기애애한 분위기 속에서 잘 마쳤고 조는 자신의 제일 동기가 '도피'였다는 것과 사실은 오지 산골의 청정한 공기를 마시고 싶었다는 것, 혹시 그곳에서 예상치 못한 깨달음이나 수확을 얻게 되지 않을까 막연히 기대했다는 것을 말하지 못했다.

"넌 다음에 또 오고 싶니? 올 수 있을 것 같애?" 하고 조가
원에게 물었다.

"글쎄, 아직 아이들을 못 봤으니까. 귀여운 녀석들이라면
또 오고 싶겠지."

군인이었던 원의 아버지는 인간의 일생 중 최소 한 번은 생
판 모르는 타인들을 도왔던 경험이 있어야 여한이 없는 거라
여겼고, 팀장 언니의 가치관대로라면 이 생각 역시 여전히 이
기적 사고방식에서 벗어나지 못한 것이었다. 도대체 인간은
얼마나 이기적인 족속이며 이들에게 이타적 삶이란 가능하
기나 한 것일까. 덜컹덜컹 저녁 도시락을 가득 채운 밀차가
다가오고 있었다.

"고기 요리 두 종에 나물 무침 하나, 닭다리도 통째로 한 개
들었답니다."

밀차를 미는 승무원의 무성의하고 나른한 목소리가 찻간
에 두루 퍼졌다. 자기도 모르는 사이 영혼을 빼앗긴 듯한 목
소리였다.

승객들은 도시락을 사지는 않았지만 휴대 전화를 꺼내 시
간을 보고 주머니를 열어 컵라면이나 만두, 빵과 팥보죽 같은
먹거리들을 탁자 위에 주섬주섬 내놓기 시작했다. 옆자리 칸
의 사내도 바비처럼 작은 갓난아이를 안고 복도 의자에 걸터

앉아 우유를 먹이고 있었다. 눈이 인도인처럼 크고 쌍겹 진, 머리에 둥그렇고 작은 흰 모자를 쓴 남자였다. 그와 노란 꽃 무늬 히잡을 두른 그의 아내와 점박이 원피스를 입은 그의 딸아이는 조네 여행의 목적지이자 열차의 종착점인 S시 부근 지역에 사는 주민이었다.

"해발이 3천이 넘으니 지대가 높고 건조하긴 하죠. 하지만 우리 고장의 감자는 정말 맛있어요." 하고 사내가 고향 자랑을 늘어놓자 그의 아내도 한마디 거들었다.

"요구르트, 야크 젖으로 만든 요구르트야말로 우리 고장의 특산이라고 할 수 있답니다."

조네도 각자 준비한 저녁거리를 꺼냈다. 지대가 높아지면서 기압이 내려가 과자 봉지들이 불룩해지기 시작했다. 쌀밥을 좋아한다는 팀장 언니는 향채 고기볶음 맛의 간편 덮밥(香辣肉丝盖饭) 포장을 뜯고 가열제 봉지가 든 바깥 통에 물을 부었다. 부글부글 금세 물이 끓어오르며 증기가 도시락 뚜껑 가운데의 작은 구멍으로 쌕쌕 나오는 것을 옆자리 칸의 딸아이가 신기하게 쳐다보았다. 강경한 무슬림 집안이라면 슈퍼에서 산 음식을 잘 분별해서 먹어야 한다는 교육을 받았을 터였다.

기차는 지친 몸을 가누고 떨어져 가는 태양을 쫓아가기라도 하듯 서쪽으로 서쪽으로 달렸다. 넓고 살찐 큰 강 한 줄기

가 민둥산을 감돌아 S 자로 누워 있었다. 강둑까지 물이 아슬
아슬하게 넘칠 것 같은 누런 색의 강이었다.

"이상하네, 반역이라도 난 건가. 저렇게 큰 강물이 호수처
럼 고요하다니, 흐름을 완전 뚝 멈춘 것 같애."

윈이 조 옆으로 다가와 같은 모양새로 턱을 괴고 창문에 붙
어 섰다. 서부 고원 지대의 자연은 하늘도 하천도 점점 낯설
어 갔다.

움머어 움. 앞집 외양간에서 야크들이 우는 소리가 들렸
다. 밤새 퉁퉁 불은 젖을 다 짠 모양이다. 녀석들은 어서 빨리
강가 풀밭에 가서 종일 꼬리나 휘적거리며 신선한 풀을 뜯고
싶은 것이다. 볶은 감자와 양배추를 넣고 끓인 국물을 마시
는 한편 설련(雪蓮)은 대문 밖 기척에 귀를 도사렸다. 올가을
이면 초등학교에 들어가는 막냇동생 복재(福栽)가 한입 가득
낭(饢 : 밀가루 빵)을 뜯어 물고 후루룩 국물을 들이켰다.

대문 밖은 잠잠했다. 소룽네가 타고 다니는 자전거의 방울
소리가 아직은 들리지 않았다. 그들도 아침을 먹고 있는 중
일 것이다. 항상 같이 몰려다니는 여러 남자애 중에서 소룽
의 자전거가 가장 멋지다고 설련은 생각했다. 그의 아버지가
S시에서 사 왔다는 까만 바탕에 하얀 무늬가 교차된 날렵하

게 생긴 새 자전거였다. 소룡은 동네 골목길을 굽이돌 때마다, 마당에 나와 놀고 있는 동네 애들을 볼 때마다 새 자전거의 방울을 짜릉짜릉 울렸다. 설련보다 세 살 위인 복귀(福贵)는 그 소리를 좋아하지 않았다. 브레이크를 잡지 않고 비탈길을 굴러 내려온 그 자전거에 복재가 치여 하마터면 코가 부러질 뻔한 일도 있었거니와, 워낙에 복귀는 소룡의 집안 식구들을 싫어했다. 큰 소리로 떠들기 좋아하는 소룡의 아버지, 누구보다 말이 많은 소룡의 엄마, 그리고 S시에서 냥피(酿皮 : 고산 보리로 만든 묵 종류) 가게를 하고 있다는 소룡의 형들까지 복귀는 시답잖아 했다. 그것은 동의할 만한 소견이 아니라고 설련은 생각했다. 아무리 우리 집이 가난해도 그렇지, 소룡네 식구들이 돈을 잘 버는 것과 그들이 지은, 동네에서 가장 크고 멋진 집을 탓할 수는 없지 않은가. 커 가면서 혼자 풀밭에 앉아 있기를 좋아하는 복귀는 쓸쓸하게 웃곤 했다.

"네가 몰라서 그래. 꼭 직접적으로 상관되는 건 아니지만, 잘사는 사람들은 우리 같은 가난뱅이들한테 진 빚이 있단 말이야."

그날, 소룡의 다급한 자전거 방울 소리를 듣고 호명이라도 받은 듯 마주 달려 나간 사람은 막내 복재였다. 복재는 돌밭에 고꾸라져 코피를 줄줄 흘리면서도 자전거 바퀴를 한 번 더

만졌다. 그날이 지나고 언젠가 기분이 좋을 때 소룡은 그 아이에게 핸들도 잠깐 만져 보도록 허락했다.

"넌 키가 작아서 이걸 탈 수 없어. 좀 더 작은 거로 사 달라고 하지."

소룡의 건의는 일리가 있었지만 현실성이 없었다. 이제 곧 동네에서 3킬로미터 정도 떨어진 중학교로 가야 할 복귀에게도 자전거를 사 줄 돈이 없는데 복재가 탈 작은 자전거라니, 당치도 않은 얘기였다. 그런 얘기는 애당초 할머니에게 하지 않는 것이 좋았다. 할머니는 너무 늙고 병이 들어 아무 일이고 알라에게 비는 것밖에 몰랐다. 이 작고 외딴 산간의 회족 마을에서 알라가 아니라면 할머니는 또 누구에게 부탁할 수 있었을까.

복귀와 복재, 설련은 자기 앞의 국그릇을 말끔히 비웠다. 할머니가 침침한 눈으로 마당 쪽을 바라보며 일어서는 것을 보고 설련이 빈 그릇을 들고 나갔다. 복귀가 남은 그릇과 수저를 가져다 하수구가 뚫린 담벽 아래 약간 경사진 시멘트 바닥에 놓았다. 오늘도 마을 정부 운동장으로 나갈 생각에 복재는 벌써 잔뜩 흥분했다.

"너 또 나가려고? 선생님들 얘기는 알아듣지도 못하면서."

허리춤만큼 높이 쌓은 벽돌 기둥에 걸쳐진 수도꼭지를 약하게 틀어 놓고 설련이 넌지시 소리쳤다.

어제 오후 마을 정부 회의실에서 야영회에 참가한 모든 아이들이 조용히 둘러앉아 이야기를 듣고 있던 중, 맨 앞줄 의자에서 꾸벅꾸벅 졸다 선생님 발치에 폭 꼬꾸라진 복재 때문에 다들 화들짝 놀랐다.

"누구네 집 애죠? 부모님이 여기 따라왔나요?"

팀장 선생님이 복재를 안고 새된 소리로 물었다. 60여 쌍의 작은 눈동자와 10여 쌍의 큰 눈동자가 그 소리에 이끌려 팀장 선생님과 복재를 번갈아 쳐다보았다. 물론 그 물음에 대답할 어른은 없었다. 복재를 낳고 돌도 차기 전에 떠난 엄마나 일가족을 벌어먹이기 위해 수년 전에 일자리를 찾아 라싸로 떠난 아빠, 10년도 더 전 벌써 돌아간 할아버지와 심한 관절염으로 걷기조차 힘들어하는 할머니. 설련네 집 어른들은 어느 누구도 이 자리에 나올 수 없었으니까. 설련은 그 순간이 너무 길게 느껴져 팀장 선생님의 입을 손바닥으로 막아 버리고 싶다는 충동이 일었다. 다행히 다른 선생님들이 복재를 살펴보고 괜찮은 것 같다고, 계속 프로그램을 진행해도 될 것 같다고 안심시켰다.

설련의 걱정이 마음에 들지 않았는지 복재는 자기 키만큼 높은 구들 위에서 축축한 흙바닥으로 펄쩍 뛰어내렸다.

"나 갈 거야, 갈 거라고! 오늘도 가고 내일도 가고 끝날 때까지 매일매일 갈 거야!"

바닥 벽에 비스듬히 세워 놓은 대야가 그의 발에 걸려 댕글댕글 굴러갔다. 평형을 가느라 탁자를 잡은 복재의 한 손이 사기로 된 컵을 엎질러 결국은 땅에 떨어지고 말았다.

"야! 마복재!"

그릇을 헹구다 말고 설련이 발딱 일어섰다. 분노의 꼭짓점이 건드려진 것이다.

"너, 너, 그거 깨졌기만 해라. 가만 안 둘 거야!"

동생이 형 뒤로 도망가는 것을 보고 설련은 득달같이 달려가 따라잡았다. 오빠 복귀가 몸을 돌려 막은 탓에 복재의 뒤통수를 때리진 못했지만 대신 손가락에 걸린 목덜미를 힘껏 끄잡아 당겨 켁켁 숨이 막히게 했다.

"그만해라, 일부러 그런 것도 아닌데."

복귀의 말에 설련은 걸음을 멈추고 오빠를 쏘아보았다.

"저번에도 쟤가 떨궈서 이가 빠졌단 말이야. 난 그 컵 깨지는 거 싫어. 다시는 똑같은 거 못 구하잖아!"

애들이 티격태격 다투는 것을 보고 할머니가 눈쌀을 찌푸리며 입속으로 중얼중얼 욕설을 퍼붓기 시작했다. 뒤돌아 마당으로 나오는 설련의 귀에 오빠 복재의 심드렁한 소리 한마디가 설핏 들려왔다.

"깨지면 뭐 어때? 이젠 돌아오지도 않을 사람을……."

설련의 눈에서 눈물이 찔끔 솟음쳐 나왔다. 누가 그걸 몰라서 그러나? 나도 기다리진 않는다고. 그저 빨리 커서 홍련 언니가 일하는 도시에 같이 나가길 원할 뿐이지. 난 그냥, 그게 엄마가 남긴 컵이니까 그때 우리 식구들 다 같이 있을 때가 좋았으니까, 그 추억을 남기고 싶었던 거라고. 설련은 그 얘기들을 입 밖에 내지 않았다. 이 집에 남은 어느 식구에게 토한들 아무 소용없는 얘기들이었다. 엄마가 떠나고 나서 설련은 홍련 언니가 돌아오는 설만을 손꼽아 기다렸다.

우리 집은 늘 이렇지. 여기에 무슨 소망이 있겠어? 마지막으로 수저를 흐르는 물에 씻고 나서 설련은 수도꼭지를 잠갔다. 산에서 내려오는 물이라 손이 몹시 찼다. 아무리 차더라도 흐르는 물이 아니면 씻어서는 안 되니까. 이건 회족 마을 모든 사람들이 지키는 규칙. 이런 것은 설련도 참을 수 있었다. 하지만 꿈은 어떻게 하지?

"너희들은 꿈이 뭐야? 커서 뭐 하고 싶은데? 어떻게 살고 싶어?"

동북 도시에서 왔다는 선생님들은 아이들이 어떤 꿈을 가지고 사는지 궁금해했다. 선생님들 중 가장 어린 대학생 조 선생님이 아나(雅娜) 선생님과 설련네를 맡았다. 집집마다 형제들이 적으면 셋, 많으면 여섯에서 일곱 된다는 얘기를 듣고 조 선생님은 깜짝 놀랐다.

"이야, 그럼 엄마 아빠가 돈 많이 벌어야겠네. 지금 형제들 모두 학교 다니고 있는 거야?"

'지켜 주는 사랑'이란 주제로 나눔을 하다가 조 선생님은 이렇게 묻기도 했다.

"누가 나를 지켜 주는 사람이지? 그분은 어떻게 지켜 줬지? 우리 한 사람씩 나눠 볼까?"

그 질문은 야영회 프로그램에 이미 작성되어 나온 것이었다. 주제가 '사랑과 감사'였으니 원하는 대답도 그 방향일 것이었다. 아이들은 얼떨떨하게 집안 형편들을 조금씩 나눴다. 엄마나 아빠가 '나를 지켜 주는 사람'이라고 고백한 아이들도 있었지만 할머니나 할아버지를 언급하는 애들도 있었다. 설련은 아버지와 홍련 언니를 떠올리다가 그냥 '할머니'라고 대답했다.

"할머니는 아프지만, 힘들어하지만, 낭을 구워 줘요. 국물도 끓이고요……."

이런 것도 '지켜 준다'는 범위에 든다면 맞는 대답일 것이라고 설련은 생각했다. 하지만 팀장 선생님이 들려준 동화에서 나오는 든든하고 힘세고 멋진 별장을 가진 데다가 친절하기까지 한 아버지에 비한다면 할머니의 역할은 초라하기 그지없었다.

꿈을 묻는 마지막 질문에(선생님들의 개인적 질문이었다.) 설련과 친구들은 입을 오므리고 바보같이 웃기만 했다. 뭐라고 대답을 줄 수 없는 한심한 물음이었다. 큰 집을 짓고 싶다는 남자애들이 혹간 있었지만 여자아이들은 아무도 입을 떼지 않았다. 이 마을에서 여자아이들에게 그런 질문을 하는 부모들은 거의 없었기 때문이다. 그래도 아이들은 모두 선생님들을 좋아했다. 그들의 옷 디자인과 그들이 쓴 모자와 멘 가방과 그들에게서 풍겨 오는 화장품 냄새와 그들의 도시적 억양을 좋아했다. 그들이 준비한 프로그램은 전에 해 보지 못했던 것이었고 그들과 함께한 레크레이션도 너무 재밌었고 무엇보다 그들이 가져온 여러 종류의 간식거리가 너무너무 맛있었다.

팀장 선생님은 아이가 둘이라고 했다. 다른 몇몇 선생님도 아이가 하나 있다고 했다. 자기 아이 얘기를 할 때 선생님들의 눈은 샘물처럼 반짝거렸다. 사춘기가 빨리 와서 이젠 말도 안 듣는다며 아들 '훙'을 보는 팀장 선생님의 얼굴에는 폭신하고 달콤한 웃음이 푹 배어 있었다. 저런 게 '지켜 주는 사랑'의 단면이 아닐까 하고 설련은 막연히 생각했다. 선생님의 아이들은 매일 엄마 아빠와 같이 살고, 예쁘고 깨끗한 옷을 입고, 매일 맛있는 과자를 먹을 수 있겠지? 속으로 이렇게 중얼거리면서도 설련은 믿기지 않았다. 이 세상에 정말로 그렇게 행복하게 살 수 있는 아이들이 있다는 사실이.

짜릉짜릉 자전거 방울 소리가 울렸다. 한 대가 아니라 여러 대였다. 복재가 총알같이 뛰쳐나와 담장 바깥으로 달려 나갔다.

"나도 갈 거야, 더 빨리 갈 거야!"

설련도 손을 닦고 머리카락을 대충 빗어 넘기며 대문 밖을 나섰다. 복귀는 오늘도 동생들과 같이 나가야 하나 고민했다. 6학년짜리 남학생은 복귀뿐이었다. 설련은 복재를 뒤쫓아 골목길에 들어섰다. 소룡의 자전거를 따라잡긴 힘들어도 골목골목 질러가다 보면 거리를 대폭 줄일 수 있었다. 마을 외곽 큰길에 나오자 S 자형 산길을 따라 지어진 동네와 그 맞은편 삼각의 병풍처럼 무겁게 내려앉은 산 중턱에 다락다락 노란 꽃이 피어 있는 유채꽃밭이 보였다. 엊저녁에도 복재를 데리고 산딸기를 뜯으러 올라갔던 산이었다.

"누나, 빨리!"

복재가 멀리 길모퉁이에서 설련을 향해 손짓했다. 마을 정부 운동장으로 질러 들어가는 골목길이었다.

가장 힘든 게 화장실이었다. 마당 한구석 판자문으로 가려진 재래식 화장실에서 깊이 뚫린 발판 아래를 내려다보면 구역질에다 현기증이 났다. 사람의 배설물들이 차곡차곡 쌓여 있는 모습이 너무 징그럽고 불쾌했다. 조는 처음으로 자신의 배설물 전모를 똑똑히 보았다. 저런 것을 배 속에 집어넣고 다녔다니, 갑자기 사람이란 존재가 신진대사나 겨우 처리하는 환형동물처럼 느껴졌다.

처음 이틀 동안 조는 뒤를 보지 못하고 끙끙 배앓이를 하다가 팀원들이 모두 잠든 밤, 윈을 판자문 바깥에 세워 놓고 가까스로 일을 마쳤다. 발판 아래에서 들려오는 '철썩!' 소리에 희열을 느끼는 동시에 얼굴이 뜨끈거렸다. 다음에는 윈 없이 낮에 일을 봐야겠다고 조는 마음을 먹었다. 비데도 없고 수세식조차 아닌 이런 곳에서 조가 뒤를 보았다고 한다면 어머니는 절대 믿지 못할 것이다. 어머니는 조의 완행열차 시간표를 보고도 불가사의해했다.

"돈이 없어 그런대냐? 그럼 전 팀원 모두에게 비행기 티켓 끊어 줄게."

조는 그 외 다른 세절들을 어머니에게 더 이상 말할 수 없었다.

뒤를 봤는데도 아침 침낭에서 기어 나오니 헛방귀가 계속 나왔다. 위는 뻐근하고 식욕이 사라지고 몸은 나른했다. 더위를 먹었나, 찬물을 너무 마셨나, 넘겨짚고 있는데 팀장 언니가 고산 반응의 일종이라고 알려 주었다.

"내가 여러 해 다녀 봐서 아는데 더위도 아니고 감기도 아니야. 나 믿고 이거 한번 먹어 봐. 두 시간만 지나면 속이 편해질 거다."

팀장 언니는 구급함 속에서 '곽향 정기산(藿香正气散)' 두 병을 꺼내 뚜껑을 열었다. 조는 눈을 질끈 감고 빨대로 쭉 들이켰다. 다른 선생님들이 큭큭 웃었다.

첫날 저녁은 컵라면, 그다음부터는 죽, 낭, 우유와 만두, 그리고 산 아래 읍에서 사 온 여러 채소를 볶아 먹었다. 팀장 언니가 사비로 사 온 야크 고기는 제대로 익히지 못해 입안에서 질경질경 돌아다녔다. 압력이 높아 평원 지대보다 오래 끓여야 한다고 그녀는 식사 당번 팀원에게 일러 주었다. 그 '오래'가 생각보다 '더 긴 오래'였다는 것을 당번 팀원은 몰랐던 것이다. 야영회의 일정은 빡빡했다. 아침 6시부터 일어나 준비물을 챙기고 그날 일정들을 체크하고 밥을 먹다 보면 두 시간이 훌쩍 지나갔다. 활동 장소인 마을 정부 건물까지는 걸어서 10분, 한 차 가득 짐을 실은 승합차 뒤를 따라 운동장에 들어섰을 때는 벌써 8시 20분, 프로그램 시작 10분 전이었다. 선생님들이 가방을 메고 들어오는 것을 보고 운동장 구석구석에 끼리끼리 몰려 있던 아이들이 와하고 달려 나왔다.

조는 매번 그 순간이 가장 감격스러웠다. 이 아이들은 대체 무엇 때문에 이렇게 반가워할까? 재밌는 프로그램? 도시 애들이 노는 유희? 또는 공짜로 먹을 수 있는 간식거리? 이런 것에 끌린 건 맞지만 그것만은 아닌 것 같았다. 심심하고 무료한 여름 방학에 색다른 볼거리와 참여거리가 생겨 일단 좋았을 것이다. 또한 친절한 선생님들과 선생님들이 해 주는 격려의 말들이 좋았을 것이다. 어쩌면 이 아이들은 이런 프로그램을 통해, 선생님들과의 사귐을 통해 자신의 삶이 조금은 더 행복해질 거라, 아니 행복해질 수 있는 가능성이나 비결을 얻을 수 있지 않을까 기대하고 있을지도 몰랐다. 떠나오기 전 교육을 받을 때 팀장 언니가 누누이 강조했었다.

"개인적으로 마음이 쓰이는 아이들에게 지속적인 후원을 해도 좋지만 가급적이면 단체를 통해 후원하는 것을 권하고 싶어요. 좋은 관계로 시작했다가 안타까운 관계로 끝나는 사례를 많이 봤답니다."

조는 선생님들을 향해 무작정 달려오는 아이들을 보고 팀
장 언니의 말이 조금 더 이해되었다. 어떤 기대는 부담감을
낳고 과장된 부담감은 두려움으로 변하기도 하니까.

"근데 사실 우리가 이 아이들을 돕는 거 아니잖아. 여기까
지 보따리 싸 들고 왔다만 우리가 해 준 게 뭐 있는데?"

아이들과 직접 만나 보고 나서 원은 다른 생각들을 더 하게
된 모양이었다.

"너도 그렇지 않니? 애들을 즐겁게 해 주려고 왔는데 실상
은 아이들이 우리에게 기쁨을 주고 있잖아. 게다가 애들은
자기들이 그렇게 하고 있다는 것조차 모르지."

조도 공감하는 부분이었다. 그러니까 조네가 확실히 뭘 가
져다 주긴 줬는지, 원래 더 가진 사람들이 맞는지 하는 물음
들이 머릿속에서 맴돌았다. 어떤 물질적인 것들, 돈 벌기 좋
은 기회, 생존에 편리한 시스템 같은 것은 더 가진 것이 분명
했다. 때로 엄청 더 많이.

마지막 하루의 일정이 시작되었다. 유익하고 재밌는 동화
이야기를 듣고, 조별로 갈라져서 감동을 나누고, 폐막식에 선
보일 율동을 준비하고, 간식을 먹었다. 수박과 바나나, 초콜
릿 부스러기와 건포도, 이 지역 요구르트를 넣어 만든 과일
화채의 인기는 대단했다. 두 번째로 아이들이 많이 찾은 것

은 '물'이었다. 이곳 아이들은 점심을 챙겨 먹지도 않고, 개인 물병을 들고 다니지도 않는다는 것을 조는 처음 알았다. 그러니 달고 짜고 맵고 목이 금세 마르는 간식을 먹은 아이들이 '물'을 찾는 것은 극히 자연스러운 일이었다. 아이들은 하나같이 강렬한 맛의 간식을 좋아했다. 사흘 동안 아이들이 먹고 남은 과자 봉투 쓰레기가 마을 정부 운동장에 비치된 공용 휴지통에 그득그득 차 버렸다. 도시처럼 매일 청소 차량이 올 리 없어서 그 쓰레기들은 봉사자들이 묵고 있는 집의 화장실 배설물처럼 차곡차곡 쌓이기만 했다.

'결국 남기고 가는 게 쓰레기뿐은 아니겠지.' 하고 생각하며 조는 마지막 레크레이션에서 공격수로 나갈 애들을 골랐다. '세포와 세균'이라는 단체 레크레이션이었다. 팀마다 보호해야 할 어린 '세포' 한 명씩 골라 중간에 세우고, 다른 팀을 공격할 '세균' 두 명을 따로 선발해 보낸 다음, 나머지 모든 팀원은 서로 팔짱을 겯고 촘촘히 바깥을 향해 둥근 진을 형성하는 것이었다. 다른 팀에서 온 '세균'들은 폭력적인 공격 방식 외의 다른 방법을 동원해 보호받고 있는 어린 '세포'를 건드리는 것으로 승부가 났다. 각자 팀에서 가장 날렵하고 힘센 남자아이들이 '세균'으로 선발되었다. 네 팀이 동시에 공격했고, '세포'를 지키려는 팀원들의 아우성이 운동장을 흔들었다. 웃음소리, 당황한 소리, 주의를 다른 데로 끌려는 소리, 다급한 경고 소리, 환성 소리……. 그 가운데 갑자기 욕지거리가 들려왔다.

처음에는 레크레이션에 너무 열중한 나머지 무의식적으로 터져 나온 소리겠거니 했다. 그러나 욕지거리는 한두 마디로 멈추지 않았고 다른 목소리까지 합세해 더욱 강렬하게 오갔다. 싸움이 붙은 것이었다. 선생님들이 소리가 나는 곳으로 달려갔다. 조도 실랑이가 붙은 주황색 조끼 팀으로 달려갔다. 주황색 팀을 지키는 대장과 그들을 공격하러 온 붉은색 팀 세균 사이에 붙은 싸움이었다.

"쟤, 주황색 팀 대장 아니야? 이번 야영회에서 키도 젤 크고 나이도 젤 많은 애."

윈이 조에게 귓속말을 했다. "그래?" 하고 대답하며 조는 그 아이의 적수를 쳐다보았다. 키가 6학년짜리보다는 좀 작았지만 다부진 체격에 초롱초롱 빛나는 눈을 가진 소년이었다. 농구도 잘하고 공부도 잘한다는, 아이들 중에 인기 짱인 아이였다. 공격과 방어 사이에서 트러블이 생기고 너 한마디 나 한마디 욕설이 오갔던 것 같았다. 선생님들이 중재에 나서기까지 두 아이는 아무도 물러서려고 하지 않았다. 듣기 심한 욕설 같았는데 그들만의 사투리로 싸웠기에 조네는 알아들을 수 없었다.

"자, 자, 얘들아 그만, 그만! 우리 야영회의 주제가 뭐라고 했지? 사랑과 감사. 그래, 사랑과 감사라고 했잖아. 레크레이션을 하는 것도 같이 즐기려고 하는 거지 싸우려고 하는 건 아니었잖아. 안 그래?"

팀장 언니가 두 아이 사이에 섰다. 주황색 팀을 책임진 선생님이 대장 아이를 끄집어 당겼다.

"마복귀, 넌 여기서 제일 큰 형아잖아. 네가 좀 양보하면 안 될까?"

대장 아이의 얼굴이 벌겋게 달아올랐다.

"아니, 선생님은 앞뒤 내막도 모르고 왜 그러세요? 폭력을 쓰지 않기로 했잖아요. 근데 쟤가 먼저 발로 찼단 말이에요!"

붉은색 팀 공격수도 가만히 있지 않았다.

"아니라고 몇 번을 말해? 네가 잘못 본 거라고!"

그래서? 대체 찬 거니 안 찬 거니? 팀장 언니의 물음에 다시 아수라장이 되었다. 확실히 찼다느니, 그건 위장 동작이었고 사실은 차지 않았다느니, 그게 아니라 넘어지는 척하면서 찬 게 맞다느니 오구작작이었다. 정작 마복귀가 지목한 '피해' 여자아이는 멍한 눈빛으로 엉겁결에 도리머리를 지었다.

"아니요, 안 맞은 것······ 같애요······."

여러 상황으로 보아 고의적인, 물리적 상해가 큰 폭력적 행위는 일어나지 않은 듯했다. 빨리 수습하고 다음 순서로 넘어가자는 뜻에서 팀장 언니는 마무리를 지었다.

"그래, 마······ 뭐라고 했지? 아, 마복귀. 복귀야, 소룡이 일부러 그런 것도 아니고 네 쪽에서 잘 보이지 않았을 수도 있어. 암튼 큰 사고 아니니까 이쯤에서 둘이 화해하는 게 어때? 그래도 너가 소룡이보다 크잖아."

복귀는 얼굴을 약간 돌리고 입술을 깨물었다. 그 아이 특유의 차가운 표정이 얼굴에 기어 올라왔다. 해맑게 게임을 하던 주황팀 대장은 온데간데없이 사라졌다. 복귀는 자기가 입은 조끼를 당장 벗어 버릴 듯한 기세로 움켜잡으며 조네가 알아들을 수 없는 사투리로 뭐라 내뱉었다. '왜 나만 갖고 그래?' 정도가 아닐까 싶었다. 다행히 복귀는 조끼를 잡았던 손을 천천히 내려놓았다. 얼굴과 목은 여전히 벌갰지만 선생님들에게 떠밀려 다른 한 손을 내밀어 소룡의 손을 툭 치는 것으로 악수를 대신했다. 선생님들과 아이들은 박수로 두 아이의 화해를 격려했다.

자기 팀으로 돌아온 조는 다시 한번 복귀를 쳐다보았다. 왠지 이 상황이 조는 찝찝했다. 정차해야 하는 쪽은 항상 완행열차였던 것처럼. 조는 복귀의 서늘한 눈동자 속에 이글이글한 불빛이 섞여 있는 것을 보았다. 오랫동안 묵혀진 분노가 켜켜이 쌓이면서 방출된 불빛이었다. 이번에도 눌려졌다면 저 분노는 언제 어디서 터질 것인가. 상상이 잘 되지 않아 조는 몸을 오싹 떨었다.

드디어 모든 프로그램이 무난히 끝났다. 아이들 전부에게 상장이 발급됐고 팀별로 준비한 율동이 공개됐으며 행사 중의 사진과 동영상을 편집해 같이 회고했다. 선물 주머니를 건네며 한 아이, 한 아이 작별 인사를 할 때 조는 우울한 얼굴 하나를 발견했다. 이름처럼 예쁘게 생긴 마설련이었다. 마설련은 길고 까만 눈초리를 파르르 떨며 입술을 깨물었다.

"선생님, 선생님은 꿈이 뭐예요?"

어떤 구원적인 메시지를 간절히 기다리는 설련 앞에서 조는 난감했다.

"대학교 다니는 선생님이잖아. 그런 거 왜 물어?"

곁에 선 여자아이가 이미 답을 얻었다는 듯 설련을 툭 쳤다.

기차 시간을 맞추느라 봉사자 팀은 하룻밤을 마을에서 더 묵었다. 여유롭고 한가한 저녁이었다. 저녁밥을 먹고 8시가 넘었는데도 이곳 하늘은 환했다. 조는 팀장 언니에게 허락을 받고 잠시 마을 길을 산책했다. 크고 무거운 삼각의 산을 마주한 길이었다. 7월의 마지막 주일, 이 고장의 산 중턱에는 밭마다 노란 유채꽃이 만발해 있었다. 푸른 하늘과 초록 풀밭의 산과 노란 유채꽃이 얼마나 아름답게 어우러져 있던지 정신 줄을 거의 놓고 빨려 들어갈 뻔했다. 이런 천상의 아름다운 풍경을 매일매일 일상처럼 바라보며 살고 있는 게 이곳 주민들이니, 여기 아이들이 그처럼 맑고 예쁜 눈동자를 가질 수 있는 것 같았다. 그 아름다운 산등성이에서 설련이 조를 향해 손을 흔들었다.

"선생님, 조 선생님! 여기로 와 보실래요? 산딸기 엄청 많아요!"

조는 홀린 듯이 설련을 향해 마을 길에서 내려 산으로 다가갔다. 시냇물이 졸졸 흐르는 풀밭이 보였고, 기다란 줄에 매인 야크들이 풀밭을 휘적거리며 거닐고 있었다. 어디서 힘을 얻었는지 조는 폭이 1미터는 될 만한 시냇물을 훌쩍 건너뛰었다. 평소라면 쉽게 뛰어넘을 수 없는 넓이였다. 축축한 풀밭에 신발이 빠져 진흙이 가득 묻었다. 초장(草場)처럼 넓은 풀밭이 끝나는 곳에 가파른 언덕이 있었는데 거기에 시야가 막혀 설련은 보이지 않았다. 조는 숨을 헐떡거리며 언덕 위를 향해 힘겹게 톺아 올랐다. 이게 지금 무슨 짓인가 하는 마음도 들었다. 마침내 언덕에 올라 아래를 내려다보고 조는 흠칫 놀랐다. 금방 건너온 풀밭이 사실은 넓은 강의 물이 줄어 드러난 바닥이었고, 자신이 서 있는 언덕은 강둑이었음을 깨달은 것이었다.

"선생님, 여기예요!" 하고 설련이 부르는 소리가 들렸다. 조는 아득히 길게 뻗은 유채꽃밭을 가로질러 위로 더 올라갔다. 푸른 보리밭을 한참 지나고 낮은 관목 숲이 듬성듬성한 곳에 이르러서야 조는 설련과 만났다. 때가 감실감실 오른 털실 스웨터에 긴 바지를 입은 아름다운 단발머리 소녀가 숲에 둘러싸여 있었다. 설련은 알사탕보다도 작은 빨간 산딸기를 한 움큼 손에 든 채 조에게 내밀었다. 단맛보다 신맛이 강한 산딸기였다.

"오빠는 공평하지 않다고 했어요."

레크레이션 현장에서 싸움을 그친 뒤, 복귀가 중얼거렸던 말은 그것이었다고 설련이 알려 줬다. 아~, 하고 조는 머리를 끄덕였다.

"집에 와서도 그 얘기를 했어요. 세상이 원래 그런데 지금은 더하다고, 그건 우리 모두에게 좋지 않은 일이래요. 선생님도 그렇게 생각하나요?"

"글쎄, 아마 그런 것 같기도 하고."

설련은 돌아서서 조에게 숲속 깊은 곳을 가리켰다.

"나 혼자만 아는 동굴이 저기에 있어요. 그 안에 들어가 벽에 가만히 귀를 붙이고 엎드려 있으면 물소리가 들려요. 선생님이 금방 건너온 말라 버린 강물 말고 바위 속을 흐르는 지하수 소리예요……. 선생님, 지하수도 말할 수 있다는 거 혹시 아세요?"

호텔까지는 두 정거장, 도무지 택시가 잡히지 않아 지하철을 타기로 한 것이 실수였다. 다른 선로는 괜찮았고 그때까지는 위험 경고도 없었다. 청년 시절 이후로 지하철을 타 본 기억이 거의 없었다. 차라리 걸어가는 편이 더 나았을까. 그것도 아닌 것 같았다. 땅 위도 여간 난리가 아니었다. 우묵진 곳에는 벌써 물이 허벅지까지 차올라 오도 가도 못 한 채 도로 중앙에 버려진 자동차도 있었다. 비는 장대같이 쏟아졌다. 도시 연평균 600밀리미터가량의 강우량이 하루 만에 쏟아졌으니 명실상부 백 년 만의 집중 호우였다. 지하철을 타러 내려가기 직전인 오후 5시부터는 빗줄기가 더욱 세차고 굵어졌다. 우산은 꺾였고 지하철역까지 달려오면서 잠깐 맞은 비에 온몸이 얼얼했다. 머리부터 발끝까지 몽땅 젖었다.

어서 빨리 호텔로 돌아가 따듯한 물에 샤워를 하고 보송보송 마른 옷으로 갈아입고 룸서비스로 근사한 저녁을 시켜 먹고 싶다는 생각뿐이었다.

협상은 그럭저럭 끝났다. 아직도 몇 번은 더 만나야 감이 올 것이었다. 수백만 단위의 장사인 만큼 과정이 쉽지는 않았다. 모든 수익에는 엄연한 대가가 따르는 법. 가난한 사람들 중에는 이 간단한 이치를 믿지 않는 이가 많았다. 많은 사람이 행복한 가정, 여유로운 시간, 정직한 양심과 건강한 몸을 그대로 다 가지고 있으면서도 그 외에 부자가 되기를 원하지 않는가. 그들은 이 세상이 돌아가는 방식에 대해 잘 모르고 있는 것이다.

나 역시 많은 것을 지불했지, 함께 출장 나온 직원이 사 준 표를 들고 판(潘)은 생각했다. 왜냐하면 얻고 싶은 게 더 많았으니까. 당연한 일이었다. 누가 판의 자리에 있더라도 그렇게 했을 것이다. 별장이 네 개라지만 제대로 된 건 하나도 없었고 차도 보트도 여럿 있지만 쓰다 보면 아직 모자랐다. 지금은 젊었을 때보다 욕망이 많이 줄긴 했다. 전처가 키운 부랑배 아들놈의 뒤치다꺼리가 아니라면 더 열심히 돈 벌려고 용쓰고 싶지도 않았다. 망쳐 버린 자식 농사, 그것은 정말 치르고 싶지 않았던 대가였다.

무겁고 음침한 지하철이 서서히 다가오고 있었다. 문이 열리기 바쁘게 서둘러 올라가는 사람들에게서 습한 냄새가 났다. 판도 직원과 함께 들어가 왼쪽 문 곁에 자리를 잡았다. 앉을 자리가 없어 두 사람은 나란히 가름대를 붙잡고 섰다. 지하철은 사람들을 참 공평하게 대하는 교통수단이다. 키가 판의 어깨밖에 오지 않는 작고 가녀린 체구의 아가씨가 바로 앞쪽에 서 있었다. 후처에게서 본 딸내미보다도 더 어려 보이는 아가씨였다. 그녀는 친구랑 수다를 떨고 있는 중이었다.

"그렇다니까. 우리 마을은 지금 한창 유채꽃이 피고 있다고. S시 부근 지역은 다 그래. 왼쪽 단발머리 얘가 내 여동생이야, 예쁘지……."

그래서 판은 지금 S시에 있다는 딸내미를 떠올렸다. 전처의 아들놈보다 어떤 면에선 자신을 더 닮은 딸이었다. 그 아이는 떠나기 전 아버지의 면전에 대고 "당신을 경멸해요."라고 말했다. 배포가 있는 아이였다. 그것이 용기인지 아니면 경솔함인지는 그 아이가 살아갈 세상이 가르쳐 줄 것이다. 딸은 과연 어떤 삶을 선택하게 될까.

지하철이 멈춰 서고 터널에 빗물이 밀려 들어와 물이 바닥에 차오르기 시작한 것은 오후 5시 24분이었다. 유리 창문 바깥으로 거짓말같이 사람 키를 넘는 누런 물이 아우성을 치며 사정없이 밀려들었다. 여자들이 '악!' 소리 질렀고 누군가가 휴대 전화를 들어 촬영하고 있었다. 어이없었다. 국내에서 지하 터널 공사의 실력을 인정받은 도시에서 이 끔찍한 상황을 직접 체험하게 되리라고는 꿈에도 상상하지 못했다. 물은 발목에서 정강이로, 무릎을 지나 허벅지로 계속 수위를 높여 갔다. 지하철은 경사진 터널에서 궤도를 이탈했고 차장은 승객들에게 상대적으로 높은 지대에 있는 1호 찻간으로 옮기라는 방송을 했다. 구조 요청을 보낸 지 한참이었지만 땅 위 난리로 일손이 부족했던 건지 기다리라는 답뿐이었다.

의자 위에 앉았던 사람들은 그 위로 올라갔고 승객들이 빽빽이 모여 선 1호 찻간의 공기는 점점 희박해졌다. 날래고 힘센 젊은 직원 덕분에 판은 그나마 숨 쉬기 편한 차머리 쪽에 자리를 잡았다. 판의 앞에 섰던 그 키 작은 어린 아가씨는 구석진 곳에 떠밀려 오돌오돌 떨고 있었다. 얼굴은 파랬고 물은 가슴께에서 출렁거렸다. 그녀는 벌 받는 아이처럼 휴대 전화 쥔 손을 물 위로 뻗쳐 들고 있었다.

오후 7시 반, 두 시간째 꾸준히 높아지는 물속에서 몸은 점점 차가워져 감각을 상실해 가고 있었다. 구조대가 온다는 소식은 여전히 없었고 이제는 숨 쉬기조차 힘들었다. 머릿속이 흐리멍텅해져 가고 있는데 어느 여자인지 울먹거리며 남

편에게 메시지를 남기고 있었다. 여보, 작은방 침대 밑 옷상
자 안에 현금이랑 카드 있다구요⋯⋯. 아직 배터리가 남은
많은 사람이 그녀를 따라 했다. 훌쩍거리는 사람, 오열하는
사람, 분노와 짜증을 터뜨리는 사람 들로 열차 안은 아수라장
이었다.

　아직은 아니야, 이렇게 끝날 수는 없지. 절대 그렇게 되지
않을 거라고 판은 생각했다. 협상도 끝나지 않았고, 몇 개월
전에 봐 둔 바닷가 별장도 계약하지 않았고, 지하 창고에 개
봉하지 않은 와인이 수십 상자나 되고⋯⋯. 아들 녀석 딸내
미 시집 장가도 못 보냈는데 벌써 죽음이란 것을 생각할 수는
없었다. 판의 휴대 전화는 시종 신호가 터지지 않았다. 그가
부자라는 것, 조난당한 이 열차 안의 승객들과 전혀 다른 차
원의 인물임을 알아주는 사람도 없었다. 판은 이런 '공평함'
이 불의하다고 느껴졌다. 물은 계속하여 위로 차올랐고 체력
이 탈진된 노인 하나가 정신을 잃고 물 위에 뜨기 시작했다.
구조대가 오고 있는 중이니 원위치에서 기다리라는 지령이
반복되어 내려졌다.

　판은 젊은 직원이 넘겨준 가방을 딛고 섰다. 건장한 직원
은 맥이 자꾸 빠지는 판의 한 팔을 붙잡았다. 구조대가 올 때
까지 버텨 내기만 한다면 이 직원은 판에게서 상당한 장려금

을 받을 것이었다. 사람들 속에서 판은 물 위에 턱을 드러낸 어린 아가씨를 보았다. 이번엔 얼굴을 마주 향하고 있어 진한 반달눈썹과 쌍겹 진 아름다운 눈도 볼 수 있었다. 이국적인 외모의 아가씨였다. 그녀는 까치발을 들고 서 있는 듯 보였다. 휴대 전화를 든 채 머리 위에 뻗쳤던 손은 보이지 않았다. 판은 어린 아가씨가 가까스로 몸을 가누는 모습을, 졸린 듯 깜빡깜빡 눈을 자꾸 감는 모습을 지켜보았다. 지면 위에서 어느 방어벽이 뚫렸는지 갑자기 다시 거센 물줄기가 터널 속으로 미친 듯이 밀려들었다.

"선생님, 지하수들이 그랬어요, '가자, 오랫동안 물이 없었던 곳으로. 우리가 거기 모일 거라고 생각할 사람이 하나도 없겠지. 하지만 우리는 워낙 낮은 곳을 채우길 좋아한다는 건 벌써 알아야 하지 않았을까⋯⋯.' 선생님, 이게 다 무슨 얘기죠?"

작가의 말

우리가 사는 세상은 현재 어떤 모습일까. 물감 묻힌 붓을 들고 백지 앞에 서는 상상을 해 보면 여러 색깔과 화면과 구도가 스쳐 지나간다. 그전에는 아니었다고 말할 순 없지만 지금 세상은 분명 어떤 부분의 극단을 향해 달리고 있는 중이다.

지난해 여름, 중국의 동북부에서 서부로 이르는 긴 여행을 했다. 황량한 산과 높은 고원과 삶의 양식이 많이 다른 사람들을 만났다. 돌아오는 길에는 전례 없는 홍수에 막혀 다른 기찻길로 빙빙 에돌아 와야 했다. 우리가 살고 있는 이 세상의 진면모를 조금 더 알아본 듯한 느낌이었다.

오랫동안 사람들은 필요한 것 이상을 가지고자 너무 열심히 '노력'했던 것이 아니었을까. 그래서 산과 바다와 나무들의 신음소리를 들을 겨를 없이, 혹은 굳이 외면하며 살아온 건 아닌가. 사람과 사람 사이 역시 마찬가지. 한쪽으로만 점점 기우는 천칭은 종내 쓰러지는 법. '열심'을 다해 쌓은 것들이 일시에 와르르 무너질 수도 있는 후과는 결국 우리 모두가 나눠 가지게 될 것이다. 바이러스든 재난이든 불안이나 두려움이든.

아직 이 말에 동의할 가능성이 많은 연령대라 넘겨짚고 소설을 썼다. 30년 전의 내게 말을 걸어 볼 요량으로. 언어가 아주 달라졌을 테지만 왠지 어딘가 소통이 됐을 거라는 생각에 잠시 즐거웠다.

03

여름,
우리가 주머니에 넣어 온 것들

이주혜

2016년 창비신인문학상을 받으며 작품 활동을 시작했다. 지
은 책으로는 경장편 소설 《자두》 등이 있다.

소래가 고른 단어는 '여름'이었다. 아루는 자신 있는 얼굴
로 씩 웃었다. 소래가 먼저 책을 펼쳤다. 아루가 가느다란 손
전등으로 소래가 펼친 페이지를 훑어보았다. 백색의 둥근 빛
이 누렇게 바랜 종이 위에서 흔들렸다. 두 페이지 모두 샅샅
이 뒤졌지만, '여름'이라는 단어는 보이지 않았다. 히힛! 아
루가 주먹 쥔 오른손을 한 바퀴 돌리며 승리의 제스처를 취했
다. 소래는 그런 아루가 귀여워 마냥 웃어 버렸다. 이제 아루
차례였다. 아루가 고른 단어는 '바다'였다. 아루는 눈을 살짝
감고 책등 반대편을 조심조심 더듬더니 전체 페이지 중 5분
의 4지점쯤을 펼쳤다. 소래가 손전등을 펼친 책 쪽으로 기울
였다. 아루가 둥근 빛에 의지해 검지 끝으로 문장을 훑어 내

렸다. 소래는 아루의 눈이 피로할까 봐 손전등 빛이 흔들리지 않게 조심했다. 찾았다! 어둠과 냉기만 가득 찬 공간에 아루의 목소리가 얼음 조각 부딪치듯 쨍 울렸다. 아루가 펼친 페이지에 '바다'가 두 번이나 나왔다.

아루는 이 책을 여러 번 읽었다. 무작위로 책을 펼쳐서 미리 골라 둔 단어를 찾는 놀이는 매번 아루가 이겼지만, 놀이는 늘 소래가 먼저 제안했다. 소래는 아루가 책을 만지고 단어를 찾는 모습을 지켜보는 게 좋았다. 아루는 책을 좋아했고 단어를 사랑했다. 특히 지금은 사라진 것들의 단어를 애틋하게 좋아했다. '여름'도 '바다'도 '파란 하늘', '흰 구름', '붉은 태양'도 전부 아루가 아끼는 단어였다. 그것들은 거울의 날 이후 지구에서 볼 수 없는 풍경이 되어 버렸다. 소래도 아루도 오래전 동영상이나 사진에서 보고 짐작할 뿐이다.

거울의 날 이전, 지구의 하늘은 파랬고 태양은 붉게 이글거렸다. 사람들은 맨살을 드러낸 채 바깥을 걷다가 이따금 얼굴을 찌푸리며 이마의 땀을 훔쳤다. 소래는 빛과 열을 싫어하는 옛날 사람들의 표정이 믿기지 않았다. 지금 빛과 열은 지상에서 가장 귀한 것이자 생명의 원천이다. 소래가 보기에 옛날 사람들은 생각이 없었거나 오만했다. 어쩌면 그 오만이 천벌을 받은 원인이었을지도 모른다. 소래는 백 년 뒤까지 민폐를 끼친 옛날 사람들이 밉고 한심했지만 아루는 옛날 사람들이 잃어버린 모든 것을 그리워했다. 찾는 사람이 거의 없는 돔 시티 중앙 도서관의 종이 책 서고를 찾아가 관외 대출이 되지 않는 종이 책을 몇 번이나 반복해서 읽곤 했다. 도서관에 다녀온 날 밤이면 아루는 소래의 침대로 올라와 새로 수집한 단어들을 속삭여 주었다. 언니, '해수욕'이라는 단어가 있어. 옛날 사람들은 여름이면 더위를 피해 바다로 갔대. 금빛으로 반짝이는 모래밭을 달려가 푸르게 넘실거리는 바닷물에 풍덩 뛰어들었대. 적당히 차가운 물에서 헤엄을 쳤대. 믿어져? 맨몸으로 바다에 뛰어들어 파도를 타고 놀았대! 그럴 때면 머리 위 파란 하늘에 흰 구름이 뭉게뭉게 피어올랐대. 뭉게구름은 솜털처럼 희고 푹신했대. 눈이 부시게 희다는 건 어떤 색일까? 옛날에는 구름도 눈도 지금처럼 잿빛이 섞이지 않았대.

아루는 '여름'과 '바다'와 '해수욕'과 "그 애의 팔뚝에 하얗게 소금기가 묻어났다."라는 문장이 등장하는 초록색 표지의 여름 책과 사랑에 빠졌다. 도서관에 자주 갔고 직원이 찾아와 어깨를 흔들며 그만 나가라고 말할 때까지 책을 읽고 또 읽었다. 아루는 학교를 졸업하면 도서관에서 일하고 싶어 했다. 그러나 도서관 직원은 10년에 한 번 뽑을까 말까 했고 아루가 원하는 대로 도서관 직원이 될 가능성은 낮았다.

　도망치기 전 소래는 아루를 위해 한 번도 가 본 적 없는 중앙 도서관에 찾아가 여름 책을 훔쳤다. 종이 책은 수년 전부터 유통 과정에서 완전히 사라졌고 남은 것은 전부 도서관 서고에 들어가 관외 대출도 금지된 상태였지만, 수요도 없고 환금성도 없어서인지 의외로 보안이 허술했다. 소래는 긴장했던 것에 비하면 너무도 수월하게 여름 책을 품에 넣고 도서관을 빠져나왔다. 책을 훔치는 데 성공한 소래는 아루까지 훔쳤다. 소래는 연쇄 절도범이 되었고 소래와 아루는 탈주자가 되었다.

　지금쯤이면 소래와 아루가 달아났다는 걸 다들 알고 있을 것이다. 어쩌면 소래에 관해서는 아직 모를 수도 있다. 지열 발전소의 튜브 청소부로 일하는 소래는 내일인 거울의 날 퍼레이드를 구경 가겠다고 미리 휴가를 신청해 두었다. 내일모레 소래가 출근하지 않으면 발전소 사람들은 소래가 전날 밤 퍼레이드에 놀러 갔다가 신나게 놀아 젖혔나 보다 생각할 것이고, 점심시간이 훌쩍 지나도록 나타나지 않을 때쯤에야 무슨 일이 생긴 걸까 천천히 머리를 굴리기 시작할 것이다. 하지만 아루는 달랐다. 아루는 올해 퍼레이드에서 돔 시티 중앙 학교를 대표하는 '거울 아이'로 뽑혔다. 아루는 붉은 열매가 알알이 박힌 주목 화관을 머리에 쓰고 선두 썰매 차 앞에 올라서서 한밤중 설원을 달릴 예정이었다. 썰매 차 옆구리에는 '백 년의 과거를 안고 백 년의 미래로 가자!'라는 구호도 붙어 있을 것이다. 그러니 오늘 저녁 마지막 리허설에 아루가 나타나지 않았을 때부터 이미 학교는 한바탕 난리를 치렀을 것이다. 다들 아루를 찾아 여기저기 뒤지고 다녔을 것이다. 도서관 종이 책 서고까지 찾아봐도 아루의 흔적이 보이지 않고 마침내 얼마 되지 않는 아루의 소지품까지 모두 사라진 걸 발견했을 때는 누군가가 떨리는 손으로 경찰에 연락했을지도 모른다. 그 사람은 납치 사건이라고 신고했을까, 실종 사건이라고 신고했을까? 아니면 단순 가출로 신고했을까? 소래는 궁금했다.

다른 사람은 몰라도 눈치 빠르고 소래와 아루도 잘 아는 손 플로는 이 사건의 본질을 꿰뚫어 봤을지도 모른다. 납치도 실종도 가출도 아닌 소래에 의한 아루의 도난 사건이라고. 어쩌면 도난의 원인을 제공한 사람이 손 플로 자신이라는 것도 알고 있을지 모르겠다. 손 플로는 겨울의 날 퍼레이드가 끝나는 대로 아루를 돔 시티 중앙 학교에서 플로 교육원으로 데려갈 생각이었다. 도서관과 달리 플로 교육원은 언제나 더 많은 플로를 원했다. 손 플로는 아루에게 플로 일이 딱 들어맞는다고 믿어 의심치 않았다. 아루를 자신의 후계자로 키워 장차 플로 교육원을 맡길 거라고도 했다. 자신의 계획을 설명하는 내내 자긍심을 감추지도 않았다. 아루는 어리둥절한 얼굴로 손 플로의 말을 들을 뿐 좋다고도 싫다고도 하지 않았다. 언제나처럼 소래가 나섰다. 아루가 원하는 일인지 먼저 물어봐야 하는 게 아닌가요? 아루는 플로가 아니라 도서관에서 일하고 싶어 해요! 이 말은 덧붙이지 않았다. 손 플로는 가당찮다는 표정으로 손끝을 가볍게 한 번 튕기고 말했다. 꼭 물어봐야 아니? 내가 너희를 낳고 너희를 키웠다. 손 플로의 말은 사실이라 힘이 있었고, 그 힘으로 소래와 아루를 찍어 눌렀다.

꼭 백 년 전 초대형 화산 셋이 동시에 폭발했다. 한밤중이었고, 전조도 없었다. 까만 밤의 장막을 향해 분화구가 붉은 불과 돌과 가스를 맹렬히 뿜어냈다. 화산은 붉고 검은 분노를 토해 내는 짐승의 아가리 같았다. 폭발 전 지구는 이미 이상 기후로 고통받고 있었다. 더위도 너무 더웠고 추위도 너무 추웠다. 날씨는 양극단으로 치달으며 통계치의 한계를 가볍게 뛰어넘었다. 때아닌 폭우, 때아닌 폭설이 쏟아졌고 가뭄과 홍수가 번갈아 찾아왔다. 불안정한 기후 아래 지구는 꾸준히 달아올랐다. 빙하가 녹았고 해수면이 높아졌다. 저지

대가 물에 잠겼다. 영구 동토층이 녹으며 오래전 얼음에 갇혀 버린 짐승들이 모습을 드러냈다. 털과 눈알이 그대로 붙은 매머드가 완벽에 가까운 모습으로 인간을 찾아왔다. 바이러스가 계속 형태를 바꾸며 인간에게 들러붙었다. 대기는 쉽게 오염되었고 맑은 하늘을 볼 수 있는 날이 점점 드물어졌다. 그러다 기어이 화산이 폭발했다.

화산은 쉼 없이 화산 가스를 분출했다. 대기에 낯선 가스가 섞여 들었다. 아황산 가스가 공기 중의 수증기를 만나 거울처럼 반짝이는 황산 빗방울이 되었다. 미세한 방울은 비의 방울이기도 했고 빛의 방울이기도 했다. 수백억 개의 미세한 방울이 대기를 둥둥 떠다니며 거울이 되었다. 하늘이 거대한 거울 면으로 변했다. 거울 군단은 이미 추하게 몰락 중인 대지의 인간들을 고스란히 비춰 주었다. 그것만이 아니었다. 치명타는 따로 있었다. 빛과 온기를 품은 태양 빛은 거울의 기세에 눌려 하릴없이 우주로 되돌아갔다. 빛과 온기를 쫓아내 버린 지구의 기온은 무섭게 곤두박질쳤다. 곳곳에 한파가 몰아쳤다. 많은 것이 얼어붙었다. 폭설이 도시를 뒤덮었다. 지상의 유명한 상징물들이 눈의 무게를 이기지 못하고 엿가락처럼 휘어졌다. 지붕이 무너졌다. 도시는 마비되었다. 들판은 얼어붙었다. 대재앙은 잿빛 눈과 함께 찾아왔다. 대기는 더욱 뿌옇게 흐려졌다. 한낮에도 태양은 달처럼 빛났다. 밤과 낮의 경계가 흐릿해졌다. 이제 붉은 태양과 푸른 하늘은 머나먼 과거의 일이 되어 버렸다. 생과 사의 경계가 얄팍해졌다. 지구의 많은 것이 달라졌다. 먼 훗날 사람들은 대재앙의 시초가 된 이날을 '거울의 날'로 명명했다. 지구의 운명이 크게 바뀌어 버린 이날을 기리며 인류의 불행을 애도했다. 거울의 날은 밝은 빛과 따스한 열을 잃고 그것을 영원히 그리워하게 될 첫날이었다.

얼마 전까지 '지구 온난화'라는 말을 자주 입에 올렸던 인류는 전혀 준비되지 않은 상태로 빙하기를 맞았다. 역시 극단은 극단으로 통했다. 인구는 반 토막이 났다. 한동안 끔찍한 죽음과 동결의 시대가 이어졌다. 인류의 자긍심이었던 문명 도시는 잿빛 눈을 뒤집어쓴 콘크리트 숲으로 변했다. 극지방의 면적이 점점 넓어졌고 인간이 거주할 수 있는 영역은 점점 좁아졌다. 식물도 동물도 살아남은 종보다 절멸한 종이 압도적으로 많았다. 살아남은 사람들은 손바닥만 한 타이가 지역에 돔 시티를 건설하고 삶을 이어 나갔다. 다시 의식주가 가장 시급한 문제가 되었다. 빙하기 의식주 해결을 위한 과학에 많은 투자가 이루어졌다. 특히 인구 증가를 위한 유전 공학에 관심이 쏠렸다. 자연적인 임신과 출산에만 기대기엔 인구 감소 폭이 너무 가팔랐다. 대리모를 통한 체세포 복제 인간의 출산이 장려되었다. 그렇게 태어난 새 유형의 인간들은 집단 보육 시설에서 자라 시스템 곳곳을 메우는 긴요한 노동력이 되어 주었다.

플로는 대리모와 양육 노동자를 통칭하는 용어였다. 플로 교육원을 거쳐 정식 플로가 되면 인간 배아를 착상해 복제 인간을 출산하는 출산 플로가 되었고, 좀 더 나이가 들면 각 보육원에서 아이들을 키우고 돌보는 양육 플로가 되었다. 손 플로는 2년 간격으로 소래와 아루를 낳았고 그 뒤로도 여러 차례 출산을 거듭하다가 40세가 넘어 보육원에 배치되어 아이들을 키웠다. 소래와 아루는 원 체세포가 같고 대리모도 같은 '진짜 자매' 관계였다. 소래는 어느 날 보육원 목욕탕에서 눌어붙은 천 조각처럼 변해 버린 손 플로의 아랫배를 보았다. 충격과 경악을 담고 있었을 소래의 시선을 감지했는지 손 플로가 한쪽 입꼬리로만 가볍게 웃으며 특유의 말투로 말했다. 내가 여기로 너희를 낳았다. 이건 아름다운 상처야. 플로는 임신과 출산, 양육까지 책임지는 일이었으므로 전문직으로 인정받았다. 자긍심도 대단했고 명예로운 노후까지 보장되었다. 그만큼 플로 교육원에 입학하려면 까다로운 신체검사를 통과해야 했고 성적 수준도 높아야 했다. 돔 시티마다 설립된 플로 교육원을 졸업하면 '요람'에 배치되어 출산 플로로 일하기 시작했다.

플로는 빙하기 전, 그러니까 지구에 아직 뜨거운 곳과 차가운 곳이 공존하던 시절에 아프리카 대륙에 살았던 침팬지의 이름이다. 어느 동물학자가 몇 년간 숲에 머무르며 침팬지의 생태를 관찰하고 기록으로 남겼는데, 플로는 침팬지 무리 가운데 훌륭한 어머니로 추앙받는 암컷 침팬지였다. 거울의 날 이후 재건기에 시스템의 한 관리자가 동물학자와 침팬지의 기록 영상을 보았고 지금은 멸종했지만 왕성한 생산 능력과 지혜로운 육아법을 보여 준 침팬지를 기리는 의미로 당시 양성 중이었던 대리모 직군에 플로라는 이름을 붙였다. 소래는 사회 시간에 이 침팬지의 영상을 보았다. 교실 천장의 돔 스크린에 백색 태양광이 쏟아지는 먼 옛날 아프리카 초원의 풍경이 펼쳐졌다. 카메라가 나이 든 암컷 침팬지를 집중해서 비추었다. 잔잔한 음성 해설이 들려왔다.

플로는 새끼들이 못된 짓을 하려고 할 때면 화를 내기보다 새끼들의 몸을 간질여 주의를 딴 데로 돌렸어요. 끊임없이 새끼들을 끌어안고 털을 골라 주었죠. 가끔은 훈육을 위해 새끼를 세게 잡아당기기도 했지만, 나중에는 반드시 어루만져서 안심을 시켰어요. 플로의 새끼들은 훌륭하게 자라 무리의 우두머리가 되거나 좋은 어미가 되었습니다.

와사사사삭. 더운 바람이 초원의 나뭇잎을 흔들며 지나갔다. 가지 끝이 휘청하는가 싶더니 아기 침팬지 플린트가 서툰 몸짓으로 나무를 타고 올라갔다. 큰 가지 끝에 앉아 나뭇잎을 뜯어 먹던 플로가 플린트를 보고 히죽 웃었다. 플린트가 플로의 품에 안겼다. 플로는 긴 팔로 플린트의 등을 휘감았다. 플린트가 플로의 긴 털을 움켜잡았다. 플린트가 입을 삐죽이 내밀며 플로를 올려다보았다. 늙은 플로가 누런 이빨을 드러내며 씩 웃었다. 플린트가 어리광을 부리며 플로의 말라붙은 젖꼭지를 물었다. 플로가 가만히 플린트를 밀어냈다. 플린트는 포기하지 않고 다시 젖꼭지를 물었다. 플로가 체념한 듯 플로를 바짝 끌어안았다. 플린트는 산들바람이 부는 초원의 큰 나무 위에서 오래도록 늙은 어미의 젖을 먹었다. 어디선가 세찬 바람이 불어와 나뭇가지를 흔들어댔다. 플로는 플린트를 안은 채 바닥으로 뚝 떨어졌다. 억! 소래의 목구멍 깊은 곳에서 저절로 비명이 새어 나왔다. 추락의 순간 동영상이 멈추었다. 스크린이 꺼지고 교실 불이 켜졌다. 수런대는 아이들에게 교사가 말했다. 걱정하지 마. 둘 다 안 죽었으니까. 교사는 각자 패드의 다음 페이지를 넘기라고 일렀다. 뾰족한 통증이 소래의 등줄기를 훑고 지나갔다. 그날 수업 이후로 소래는 플로들을 볼 때마다 어린 침팬지를 안은 채 뚝 떨어지고 말았던 늙은 침팬지를 떠올렸다. 플로의 영상을 처음 본 날 밤, 소래는 아루의 침대로 건너가 곤히 잠든 아루의 이마를 계속 쓸어 올렸다. 떨어지지 마. 죽지 마. 속으로 어이없는 주문을 외우기도 했다. 잠든 아루의 얼굴은 무서울 만큼 소래의 얼굴을 닮아 있었다. 아루의 얼굴은 2년 전 소래의 얼굴과 가장 흡사할 것이다. 아루처럼 아름다운 아이의 가까운 미래가 고작 자신이라니, 소래는 오싹 겁이 났다. 그날부터 소래는 다짐하고 또 다짐했다. 무슨 일이 있어도 아루의 미래는 소래의 모습으로 축소되어서는 안 된다고. 아루의 미래는 오직 아루만이 결정할 수 있어야 한다고.

탈주 첫날은 돔 시티에서 그리 멀지 않은 콘크리트 숲에 숨어 지냈다. 사람들이 더 이상 살지 않는 콘크리트 건물은 오래전 눈 속에 처박힌 난파선이 되었다. 소래는 아루를 데리고 갈 수 있는 만큼 갔다가 해가 지고 어둠이 내리자 가까운 건물로 들어갔다. 어둠과 냉기와 축축함이 장악한 공간에서 의지할 것은 서로의 체온밖에 없었다. 소래는 에너지 바와

물로 요기를 하고 아루가 좋아하는 여름 책을 꺼냈다. 종일 겁에 질려 굳어 있던 아루는 소래가 훔쳐 온 여름 책을 보고 처음으로 환하게 웃었다. 그러나 그렇게 좋아하는 단어 찾기 놀이를 다섯 차례 주고받은 뒤로 아루는 다시 급격히 침울해 졌다. 소래는 아루가 그만 돔 시티로 돌아가자고 할까 봐 겁이 났다. 손 플로를 따라 플로 교육원에 간다고 할까 봐, 손 플로가 시키는 대로 출산 플로가 되고 양육 플로가 되어 잔뜩 눌어붙은 아랫배로 가파르게 늙어 간다고 할까 봐 두려웠다. 소래라고 플로가 싫은 건 아니었다. 소래도 플로의 몸에서 태어났고 플로의 손에서 자랐다. 여러 플로가 열병을 앓는 소래의 이마를 밤새 쓸어 주었고, 혼자서 변기에 앉는 법, 배변 뒤처리하는 법, 신발 양쪽을 바꿔 신지 않는 법, 옷 단추를 가지런히 끼우고 푸는 법, 머리채를 잡아당기고 달아나는 친구를 혼내 주는 법 등을 가르쳐 주었다. 소래도 플로의 힘이 얼마나 대단한지 알았다. 그들을 존경했다. 다만 플로는 아루의 미래가 아니었다. 아루가 가장 하고 싶어 하는 일도 가장 잘할 수 있는 일도 아니었다.

돔 시티를 벗어나 콘크리트 숲 지역을 통과하면 타이가 설원이 펼쳐지는데, 드넓은 숲 어딘가에 시스템의 통제를 벗어나 원시적으로 살아가는 사람들이 있다는 소문을 들은 적이 있다. 그들은 시스템이 제공하는 돔 시티의 안전과 열에너지를 포기하고 동굴 생활자들과 다름없이 살아간다고 했다. 또 마약을 제조해 암시장에서 유통하고 시스템의 에너지를 몰래 훔쳐 살아가는 범죄 집단이라는 소문도 있었다. 소래가 열 살 무렵 보육원에 낯선 아이가 들어온 적이 있었다. 깡마른 아이는 자기가 몇 살인지 몰랐고 이름도 없었다. 당시 소래와 아루의 담임 플로였던 원 플로가 아이에게 새로라는 이름을 붙여 주었다. 처음부터 새로 살라는 뜻이라고 했다. 새로에겐 왼발에 하나, 오른발에 둘, 이렇게 발가락이 세 개 없었다. 같이 살았던 어른 남자가 걸핏하면 맨발로 눈밭에 서 있게 하는 벌을 주었는데 미련하게 체벌을 견디다가 동상에 걸려 발가락을 잃었다고 했다. 세 번째 발가락을 잃던 날 새로는 무작정 앞을 향해 일직선으로 달렸다. 그렇게 사흘을 꼬박 달리고 걷고 하다가 돔 시티 주변 순찰대의 눈에 띄어 보육원으로 왔다. 소래는 아루를 데리고 찾아간 곳에서 새로를 벌주었던 어른 남자 같은 사람을 만날까 봐 튜브 청소부들에게 지급되는 날카로운 쇠붙이도 챙겨 왔다.

소래는 중앙 학교를 졸업하고 곧바로 지열 발전소 튜브 청소부가 되었다. 또래보다 근육이 잘 붙는 체질이었고 유연성도 좋아서 좁은 튜브 안에 들어가 미네랄 찌꺼기를 청소하는 일에 잘 맞았다. 지열 발전소는 땅속 깊은 곳의 뜨거운 열기로 전기를 생산하고 남은 열은 튜브를 통해 각 돔 시티로 전달했다. 문제는 튜브에 미네랄 찌꺼기가 자주 끼어 난방의 효율성을 떨어뜨린다는 점이었다. 사람이 들어갈 수 없는 좁고 깊은 튜브는 로봇을 이용해 청소했고 비교적 지상에 가깝고 굵은 튜브는 사람이 직접 들어가 청소도 하고 보수도 했다. 힘들지 않아? 출근 첫날 숙소로 돌아왔을 때 아루는 눈물을 글썽이며 물었다. 소래는 튜브 안이 따뜻해서 좋다고 했다. 사실 튜브 안의 열기는 숨도 쉬기 어려울 정도였지만 생전 처음 땀을 뻘뻘 흘리며 일하다 바깥의 찬 공기로 나왔을 때 느끼는 그 서늘한 찰나가 좋았다. 몸속 깊은 곳에 함부로 뽑을 수 없는 얼음송곳이 박혀 있어서 자꾸만 마음을 차갑게 찌르며 괴롭혔는데 뜨거운 튜브 안에 들어가 있으면 얼음송곳이 잠시 다소곳해지는 것도 같았다.

설원은 가도 가도 끝이 없었다. 눈밭도 생각보다 깊었다. 걷다 보면 무릎 위까지 푹푹 빠지기 일쑤였고 그 아래 땅도 울퉁불퉁했다. 돔 시티 밖을 벗어난 적이 없는 아루는 유난히 추위를 탔다. 다시 해가 지고 어둠이 내렸을 때는 침엽수림 깊숙이 들어와 있었다. 빽빽한 나무 사이를 지나가는 게 광활한 눈밭을 헤치고 갈 때보다 더 힘들었다. 나뭇가지에 쌓여 있던 눈이 정수리로 어깨로 마구 떨어졌다. 갑자기 매를 맞는 듯한 충격을 견디며 조심스럽게 가다가 눈에 파묻힌 바위를 만나 넘어지기도 했다. 어둠이 완전해지기 전에 바위 틈 작은 동굴을 발견했다. 소래는 아루를 부축해 동굴 안으로 들어갔다. 발열 팩을 손에 쥐어 주고 담요를 꺼내 둘러 주었다. 통조림을 꺼내 아루 몫을 덜어 주었다. 아루는 음식을 들고만 있을 뿐 입을 벌리고 먹지 않았다. 말도 하지 않았다. 소래도 입맛을 잃었다. 입안이 깔깔했다. 그만 돌아갈까? 이 말이 아루 입에서 튀어나올까 봐 겁이 났다. 아니, 소래 자신의 입에서 튀어나올 수도 있어서 더 무서웠다. 나는 지열 발전소로 너는 플로 교육원으로 돌아갈까? 그곳이 너와 나의 정해진 자리라고 인정해 버릴까? 아루가 훌쩍훌쩍 울기 시작했다. 소래의 마음이 걷잡을 수 없이 흔들렸다. 아루의 눈물은 언제나 소래를 당황하게 했다. 소래는 어떻게든 아루의 눈물을 멈추게 하려고 농담이든 재롱이든 아무 말이나 해야 했다. 원래 이야기는 아루가 잘하는 일이었는데, 지금 아루는 어떤 이야기도 하고 싶지 않아 보였다. 소래의 입에서 간직하고 있는 줄도 몰랐던 어떤 이야기가 흘러나왔다.

눈송이가 얼어붙는 과정을 지켜본 적이 있어? 아버지에게 쫓겨나 맨발로 집 밖에 서 있었을 때야. 꼼짝없이 서 있는 것 말고는 할 일이 없잖아? 바늘 나뭇잎 가장자리에 서리가 맺히는 모습을 뚫어지게 쳐다보았어. 너무나 사소한 물방울이 천천히 얼음이 되더라. 얼음 알갱이는 언제나 육각형으로 뻗어 가면서 얼어. 하지만 그 아름다운 결정은 늘 미세하게 모양이 달라. 어떤 눈송이도 똑같은 모양을 하지 않아. 다 달라. 제각각이야. 그 모습에 홀려 발이 얼어붙는 줄도 모르고 눈송이의 탄생을 한참 지켜보았어. 아름답다. 아름다워. 저절로 탄성이 새어 나왔어. 순간 눈앞으로 눈송이 하나가 떨어졌어. 공중에서 얼어붙은 눈송이가 포르르 내려앉았어. 아, 아름답다. 아름다워. 발이 시린 느낌도 없었어. 눈송이 하나하나와 눈을 마주치며 밤새 서 있어도 좋을 것 같았어. 제각기 다른 눈송이가 서로 엉겨 붙어 묵직한 눈이 되어 떨어졌어. 함박눈이었어. 아름답다. 아름다워. 나도 이대로 눈이 되고 싶다. 제각각인 눈송이 중 하나가 되어 공중을 떠돌다가 어느 가지에 내려앉았다가 어느 짐승에게 먹혔다가……. 눈물이 흐르는 줄도 몰랐어. 내 눈을 떠난 눈물이 그대로 얼어붙어 또르르 뺨 위를 굴러 내렸어. 그날 나는 발가락 하나를 또 잃었어. 소래, 너는 아니? 설원의 눈은 그렇게 아름답고 무서운 거란다. 사람의 혼을 뺄 정도로 아름답고 잔인하단다.

언젠가 눈송이의 탄생 이야기를 들려준 새로는 돔 시티 사이를 오가는 왕복 썰매 차의 운전수가 되었다. 오랜만에 만난 새로는 발가락 세 개가 없어도 썰매 차 브레이크는 누구보다 빨리 밟을 수 있다며 큰 소리로 웃었다. 아루는 새로의 눈송이 이야기에 귀를 기울이다가 어느새 울음을 그쳤다. 아루가 소래의 어깨에 머리를 기댔다. 언니, 우리도 내일 솔가지에 얼음이 맺히는 장면을 지켜볼까? 아무것도 하지 말고 그저 솔가지나 올려다보며 앉아 있을까? 그럴까? 소래가 먼저 고개를 끄덕였고 곧이어 아루가 소래의 어깨에 기댄 머리를 천천히 끄덕였다. 날뛰던 소래의 마음이 조금 가라앉았다. 오늘은 이걸로 됐다. 이만큼 왔으니 됐고 아루의 울음이 그쳤으니 됐다. 됐어.

펑! 소래의 안도를 비웃듯 멀리서 분명한 폭음이 들려왔다. 펑! 폭음이 이어졌다. 아루가 깜짝 놀라 고개를 들었다. 소래의 몸에도 바짝 긴장한 아루의 몸이 느껴졌다. 펑! 펑! 아루가 다시 울음을 터뜨렸다. 괜찮아. 괜찮을 거야. 소래는 아루에게 손전등을 쥐여 주고 혼자 동굴 입구로 나가 보았다. 동굴 밖은 생각했던 것보다는 흐릿하게 빛이 있었다. 보름이었다. 희뿌연 대기를 뚫고 달빛이 미약하게나마 사위를 비추고 있었다. 펑! 소리가 들려온 방향을 쳐다보았다. 검은 하늘에 붉은 불꽃이 치솟았다. 펑! 불꽃이 알알이 흩어지며 밤하늘에 화려한 꽃 모양을 수놓았다. 거울의 날 퍼레이드가 시작된 모양이었다. 오랜만에 보는 불꽃놀이였다. 여기서 보니 불꽃의 자리가 생각보다 멀었다. 이틀 만에 꽤 먼 길을 왔다. 소래는 다시 동굴 안으로 들어가 아루를 데리고 나왔다. 아루에게 불꽃을 보여 주고 싶었다. 오래전 둘 다 어려서 퍼레이드 구경을 허락받지 못하고 일찍 잠자리에 들어야 했을 때 소래는 불꽃놀이 소리에 잠에서 깬 적이 있다. 그때도 소래는 아루를 깨워 창가로 데려갔다. 아루는 펑 소리가 무섭다며 훌쩍이다가 이내 화려한 불꽃에 넋을 잃었다. 아름답다. 아름다워. 그렇게 탄식했던 건 소래였을까, 아루였을까? 아름답다. 아름다워. 지금 먼 곳의 불꽃을 보며 나지막이 말한 사람은 소래이기도 했고 아루이기도 했다. 내일은 또 얼마나 멀리 갈 수 있을까. 그 전에 어느 방향으로 출발하게 될까. 퍼펑! 가장 요란한 소리를 내며 한껏 위로 치솟는 걸 보니 마지막 불꽃 같았다. 먼 옛날 태양처럼 주황색으로 화려하게 폭발하는 거대한 불꽃을 좇는 사이 소래는 잠시 아루를 잊고 탈주를 잊었다. 머리가 하얗게 비어 버린 그 짧디짧은 순간 소래는 얼핏 미래의 실체를 목격한 것도 같았다.

작가의 말

  적도 부근 섬에서 태어난 주인공이 미국 뉴욕에 가 생활하면서 난생처음 "계절을 알게 되었다."라고 말하는 소설을 읽은 적이 있습니다. 그에겐 쨍한 햇빛 아래 찬 공기가 느껴지는 겨울이 처음이었고, 한 계절이 다음 계절로 자연스럽게 겹쳐지는 환절기의 변화도 처음이었습니다. '기후 위기' 하면 저는 언제나 '계절'이라는 단어를 떠올려요. 갈수록 날씨가 양극화되면서 봄과 가을을 잃어 가고 오직 혹독하게 긴 여름과 겨울만 존재한다는 무시무시한 농담도 떠오르고요.

  소설 속 청소년 아루는 먼 옛날 지구에 사계절이 존재했던 시절의 책에서 이제는 사라진 것들의 단어 수집하기를 좋아합니다. 아루가 '여름', '바다', '파란 하늘', '흰 구름', '붉은 태양', '해수욕' 같은 단어를 좋아하는 건 그것들이 아루에겐 더 이상 허락되지 않기 때문이겠지요. 미래의 아루도 장차 어떤 삶을 살까 고민하고, 좋아하는 일을 하며 살아가길 희망합니다. 그런 아루의 선택지가 좁아진 건 지금의 우리와, 우리의 무심한 행동들과 무관하지 않다고 생각했습니다. 아루에게 계절을 알려 주고 싶은 마음으로 썼습니다. 당신의 계절을 지키고 싶은 마음으로 썼습니다. 당신이 좋아하는 일을 좋아하며 살 수 있는 세상을 바라며 썼습니다.

04

쓰레기 산

탁경은

2016년 《싸이퍼》로 제14회 사계절문학상을 수상하며 작품
활동을 시작했다. 지은 책으로 《민트문》, 《봄날의 썸썸썸》,
《러닝 하이》, 《사랑에 빠질 때 나누는 말들》 등이 있다.

1. 행동하는 10대들의 모임 리더

마트 앞 사거리는 오늘도 사람들로 붐볐다. 사람들 사이를 요리조리 비집고 걸어갔다. 몸에서 땀이 줄줄 흘렀다. 머리, 목덜미, 겨드랑이는 물론이고 다리에서도 땀방울이 흘렀다. 해마다 더 더워지고 있는 것이 분명했다. 아이스크림이 간절했다.

엄마 곁에 서서 신호등이 바뀌기를 기다리는데 건너편 가로수에 걸린 현수막이 눈에 들어왔다. 쓰레기 소각장 설치를 반대하는 문구가 적혀 있었다. 엄마와 언니도 문구를 봤는지 한마디씩 보탰다.

"모든 동네 주민이 다 반대하면 소각장은 어디에다 세우냐고."

언니가 뾰로통한 얼굴로 말했다.

"오염 물질 나오면 동네 공기 탁해질 거 아냐."

"요즘엔 다 정화해서 내보내."

두 사람이 싸우든 말든 나는 머릿속으로 아이스크림만 떠올렸다. 아니면 시원한 생수라도 마셔야겠다. 뜨거운 태양빛에 몸이 다 녹아 버리기 전에.

마트 안에 들어서자 차가운 냉기가 날 반겼다. 천국이 따로 없었다. 과일 코너로 가는 엄마를 뒤로하고 냉큼 아이스크림 코너로 달려갔다. 어떤 것을 먹을까. 상큼한 과일 향 하드를 고를까. 아니면 초콜릿이 들어간 콘을 고를까. 결정했다. 포도 맛 쭈쭈바를 향해 거침없이 손을 내뻗는데 언니가 내 손을 탁 때렸다.

"안 돼."

"아, 왜!"

"쓰레기 나와."

내가 흘겨보는데도 언니는 물러날 기색이 없었다. 한판 뜨고 아이스크림을 먹느냐 아니면 물러서느냐, 잠깐 망설였다. 내가 좀만 더 컸어도 한번 붙어 보는 건데. 하는 수 없이 꼬리를 내리고 생수를 사러 뒷걸음질 쳤다. 시원한 냉장고에서 생수를 꺼내는데 다시 언니가 곁으로 뽀르르 다가와 막아섰다.

"이거 마셔."

언니가 자기 가방에서 텀블러를 꺼내 내밀었다. 저 안에 들어 있는 물의 온도는 냉장고에 있는 이 생수를 따라올 수 없다. 그런데도 언니는 막무가내다. 가뜩이나 큰 눈을 잔뜩 부라리며 위협을 가한다. 나는 있는 힘껏 냉장고 문을 닫았다.

아마 언니와 나는 전생에 원수이지 않았을까. 같은 부모에게서 비슷한 유전자를 물려받았다고 하기에 언니와 나는 공통점이 너무 없다. 눈을 벅벅 비비고 찾아봐도 먼지 한 톨의 공통점도 찾을 수 없다.

언니는 공부를 잘하고 나는 못한다. 언니는 사회 문제에 관심이 많은데 나는 관심이 전혀 없다. 언니는 민트 초콜릿을 좋아하는데 나는 다크 초콜릿만 먹는다. 언니는 제철 음식을 먹어야 한다면서 나물을 찾는데 나는 라면, 피자, 햄버거만 좋아한다. 언니는 스킨, 로션조차 잘 안 바르는데 나는 화장품 사는 게 낙이고 취미다. 이외에도 다른 점을 나열하자면 끝이 없다.

원래 사람은 모두 다르다. 그러니 공통점 없는 자매인 것이 무슨 대수이겠는가. 문제는 따로 있었는데 바로 언니의 간섭, 잔소리 폭격, 강요와 협박이었다. 언니는 자기가 옳다고 믿는 것을 나에게 강요했다.

언니는 '행동하는 10대들의 모임' 리더다. 무슨 일을 하는 모임인지 그다지 관심이 가지 않았으나 언니는 가족을 만날 때마다 모임에 대한 이야기를 했다. 그래서 엄마, 아빠는 물론이고 나까지도 그 모임이 하는 일들에 관해 모를 수가 없었다.

행동하는 10대들의 주된 활동은 기후 위기 캠페인이었다. 일단 나는 '기후 위기'라는 말이 무슨 뜻인지 와닿지 않았다. 알고 싶지 않아 무관심과 무대응으로 노선을 잡은 가족에게 언니는 나날이 날카로워졌다. 전기를 아껴 써야 한다며 시도 때도 없이 점검을 했고 엄마에게 장바구니 사용을, 아빠에게 텀블러 사용을 강조했다. 음식을 포장하거나 배달하는 일도 못 하게 했다. 여행도 못 가게 했다. 비행기를 한 번 타는 일이 환경 파괴를 가속화시킨다나? 이건 뭐, 독불장군이 따로 없었다.

무엇보다도 나는 고기를 먹지 못하게 해서 괴로웠다. 동물을 키우는 과정에서 이산화 탄소가 엄청나게 나오고 소 방귀에서도 메탄가스가 나온다는 것은 나도 알았다. 고기를 먹을 때마다 고기세를 내는 것도 알았다. 그래서 우리 가족은 벼르다가 한 달에 두 번 고기를 사 먹었는데 언니는 아예 육식을 하면 안 된다고 으름장을 놓았다. 아빠와 내가 강력하게 저항했고 다행히 우리 집 식단은 완전 채식으로 가지는 않았다. 고기 양을 더 줄였지만 언니는 만족하지 않았다. 머릿속에 '포기'란 두 단어가 원래부터 세팅되어 있지 않은 사람이 나의 하나뿐인 언니 정혜영 님이었다.

나는 점점 화딱지가 났다. 학교생활도 빡빡하고 공부하느라 힘든데 고기까지 못 먹게 하다니. 가뜩이나 적게 먹는 고기를 더 줄이라니. 정말 해도 해도 너무했다. 그나마 아직 고기세가 없는 치킨만이 나와 아빠, 그리고 우리 반 친구들의 유일한 위안인 것도 모르고 말이다.

그러다 사건이 터졌다. 행동하는 10대들의 모임에서 기후 위기를 위한 결석 시위를 시작한 것이 화근이었다. 언니는 리더로서 모범을 보여야 한다며 무기한 결석을 감행했다. 그동안 집 안팎을 들쑤시고 다니는 언니의 적극적인 행동을 다 눈감아 주었던 엄마와 아빠가 펄쩍 뛰었다. 엄마, 아빠의 주장은 간단했다. 어떤 일이 있어도 결석은 절대 안 된다.

원래도 바람 잘 날 없던 우리 집은 말 그대로 바람 앞의 등

불, 일촉즉발의 위기 상황이었다. 기후만 위기에 빠진 것이 아니었다.

2. 쓰레기 산

"지구가 망하게 생겼는데 결석이 뭔 대수?"

언니는 쉽게 물러서지 않았다.

"안 된다면 안 돼."

엄마도 고집을 피웠다. 원래 언니가 하는 일이면 무조건 잘한다, 잘한다 펌프질을 해 주던 엄마였는데 이번만큼은 달랐다. 언니는 머리를 삭발한다, 밥을 굶는다, 가출을 한다 등의 협박 카드를 내밀었지만 엄마는 꿈쩍도 하지 않았다.

"이렇게까지 해야 해?"

나는 최대한 시니컬한 표정을 지으며 언니에게 딴지를 걸었다.

"환경이 파괴되면 어차피 미래는 없어. 미래도 없는데 공부는 해서 뭐 해?"

그냥 공부를 하고 싶지 않은 건 아니고? 그렇게 말하려다가 간신히 참았다. 다혈질인 정혜영 님에게 그런 말을 했다가는 주먹보다 센 꿀밤이 날아올 테니까. 하긴 성적만 놓고 보면 누가 언니를 건드리겠는가. 학교 선생님들은 언니가 결석을 하든 말든 상관도 안 하는 눈치였다. 어쨌든 언니는 시험만 보면 성적이 딱 나와 주니까. 놀랍다. 저렇게 딴짓을 하고 모임 사람들과 몰려다니며 시위만 하는데 언니는 한 번도 시험을 망친 적이 없다.

눈 하나 꿈쩍하지 않는 엄마의 완강한 태도에 결국 언니도 꼬리를 내리는 수밖에 없었다. 하루 결석 시위를 하면 다음 날은 학교에 반드시 나가는 걸로 합의가 됐다. 이 사태를 면밀히 지켜보던 나는 한 가지 다짐을 했다. 무슨 일이 있어도 결석은 하지 말자. 그동안 성적에 관해 엄마가 혼을 내지 않은 것에 무한히 감사하자.

결석 시위 문제가 사그라들어 한숨 돌리고 있는데 또 사건이 터졌다. 쓰레기 소각장 부족과 갑자기 늘어난 쓰레기가 원인이었다. 학교를 비롯한 공공 기관의 쓰레기를 수거해 가는 업체들이 동시에 손을 놓았다.

학교는 말 그대로 쓰레기장이 되었다. 쓰레기가 넘쳐서 화장실에서는 악취가 진동했고 쓰레기를 모아 두는 창고에는 쓰레기 산이 생겼다. 넘쳐 나는 쓰레기를 감당할 수 없어 매점은 잠시 문을 닫아야만 했다.

5교시, 과학 시간이었다. 4분단 끝자리에서 비명 소리가 났다. 고개를 홱 돌렸다. 예주였다. 예주는 날카로운 비명을 계속 지르며 책상 위로 후다닥 올라갔다. 뒤따라 앞자리 애들이 우르르 일어섰다.

"뭐야."

"쥐다!"

키가 큰 남학생들이 질겁하며 뒷걸음질 쳤다. 몸이 재바른 지율이가 화장실에서 대걸레 자루를 가져왔다. 지율이에게 자루를 넘겨받은 선생님이 쥐를 교실 밖으로 내쫓으려고 하는 순간 "으아악!" 하는 소리가 터져 나왔다. 선생님이 바닥에 던져 버린 대걸레에서 시커먼 바퀴벌레 한 마리가 기어 나왔다.

꺄악, 으악, 어우 씨 등의 감탄사와 함께 아이들은 책상 위로 오르거나 교실 밖으로 튀어 나갔다. 책상 위에 올라가 아수라장으로 변한 교실을 보고 있는데 사이렌 소리가 들렸다. 쥐가 나와서 모두 패닉이었지만 그렇다고 119를 부르는 건 오버 아닌가? 그런 생각을 하고 있는데 스피커에서 교감 선생님 목소리가 들렸다.

"아아, 지금 후문 창고에서 화재가 났으니 즉시 대피 바랍니다."

지율이는 가방을 챙겼고 예주는 계속 비명을 질렀다. 우리는 허둥지둥 교실을 빠져나와 복도를 내달렸다. 무슨 정신으로 정문까지 달렸는지 기억이 나지 않았다. 정문에 대기 중이던 선생님들이 아이들을 한 명씩 이끌어 밖으로 내보냈다. 추가로 도착한 소방차가 사이렌 소리를 내며 후문으로 향했다.

불길이 번져서 학교가 홀라당 타 버리면 어떡하지? 그런 생각을 하고 있는데 예주가 내 팔을 다급히 잡았다.

"나 필기한 노트 사물함에 있는데."

모범생 예주가 발을 동동 굴렀다. 곧 기말고사인데 정성껏 필기한 노트가 불타 버린다면 얼마나 속이 상할까. 그 순간 눈앞에 만년필이 번쩍 떠올랐다. 작년 생일 때 이모가 선물해 준 고급 만년필이 책상 서랍에 있는데 챙기지 못했다. 나는 애꿎은 손톱만 잘근잘근 씹어댔다.

두 시간 뒤 다행히 불길이 잡혔다. 매캐한 냄새가 학교 주변을 휘감았다. 교실 안 물건들은 불길에 타지 않았겠지. 교과서, 노트, 펜, 가방을 챙겨 나오고 싶었지만 출입이 불가능했다. 선생님들은 얼른 집으로 돌아가라고 재촉했다. 차마 발길이 떨어지지 않았다.

상황은 자꾸만 꼬여 갔다. 여름 방학을 몇 주 앞두고 쓰레기 동결 사건이 벌어졌다. 동결이라는 단어가 생소해 검색을 해 봤다. 사업, 계획, 활동 따위가 중단되다. 여전히 이해가 되지 않아 고개를 갸우뚱하는 나를 한심하게 보다가 언니가 말했다.

"고기세처럼 쓰레기세를 내라는 거야."

"안 내면?"

"쓰레기를 수거해 가지 않겠지."

이제 집에서도 쓰레기를 수거하지 않는다고? 쓰레기를 수거해 가지 않으면 어떤 일이 벌어지는지 봤기에 겁이 덜컥 났다. 검색창에서 세금을 얼마나 내야 하는지 정리된 도표를 보는데 입이 다물어지지 않았다.

"세금 엄청나지?"

내가 들고 있던 사이다 캔을 홱 빼앗아 들며 언니가 단호하게 말했다.

"진작 이렇게 했어야 하는데."

쓰레기에 엄청난 세금을 부과하는 정책은 정부의 결정이 아니었다. 유엔 산하 국제 협의체 IPCC의 강력한 호소를 받아들인 유엔이 긴급으로 만든 국제법이었다. 작년에 대부분의 나라가 가입한 국제 환경 기후 위기 협의체의 법령이기도 했다.

쓰레기를 배출하려면 돈을 내라! 그것도 엄청난 돈을! 정신을 바짝 차려야 했다. 일단 가족회의부터 열었다. 매일, 그리고 매주 가족이 배출하는 쓰레기들을 점검했다. 음식물 쓰레기, 종이 쓰레기, 플라스틱과 비닐, 유리병과 캔까지 엄청난 양의 쓰레기가 매일 나왔다.

줄일 수 있는 것과 절대 줄일 수 없는 것을 구분했다. 음식을 먹을 만큼만 해서 남기지 않는다면 음식물 쓰레기는 최대한 줄일 수 있었다. 문제는 플라스틱과 비닐이었다. 두부를 사면 플라스틱이 딸려 왔고 과자나 베이컨을 사도 비닐이 나왔다.

"시장에서 장을 보면 돼."

엄마 목소리에는 피로함이 묻어 있었다.

"반찬 통이랑 장바구니를 들고 가면 되겠다."

아빠 말에 가볍게 고개를 끄덕거렸지만 머릿속은 무지 바빴다. 앞으로 내가 먹지 못하게 될 음식들을 하나씩 떠올렸다. 내가 사랑하는 홈런볼, 빈츠, 에이스 안녕. 붕어싸만코, 돼지바, 녹차 아이스크림도 안녕. 너구리, 짜파게티, 불닭볶음면도 안녕. 손등으로 촉촉해진 눈가를 훔쳤다.

3. 우리를 위한 도서관

화재로 엉망이 된 창고와 후문을 정리해야 해서 당분간 학교를 가지 않는 호사를 누렸다. 편의점에 모이자마자 애들도 세금 이야기부터 했다. 스팸 없이는 밥을 먹지 않는 지율이는 이게 말이 되느냐며 성을 냈다. 마요네즈를 사랑하는 민정이는 앞으로 직접 만들어 먹겠다며 레시피를 읊었다. 그동안 직접 마요네즈를 만들어 먹어 온 사람이 제법 많다는 사실을 알고 우리는 깜짝 놀랐다.

"니들, 먹는 거 말고 다른 걱정은 안 돼?"

라면을 못 먹다니 이게 말이 되느냐, 난 마요네즈 없이는 하루도 못 산다 그러면서 옥신각신하는 애들 틈에서 가만히 앉아 있던 예주였다. 우리는 동시에 예주의 얼굴을 바라봤다. 예주는 미간을 잔뜩 찌푸리다가 목소리를 작게 줄였다.

"나 지금, 그 기간이거든."

예주가 무슨 말을 하는지 우리는 곧바로 알아들었다. 맞아, 그게 있었지. 생리대와 탐폰. 한 달에 한 번 우리가 배출할 수밖에 없는 쓰레기. 먹고 싶은 음식은 참고 안 먹으면 된다. 일회용품을 사용하지 않는 라면, 과자, 유제품 등을 개발 중이라니 조금만 기다리면 다시 먹을 수 있다. 하지만 생리대는 다르다. 생리 기간이 불규칙적인 애들도 있지만 어쨌든 우리는 모두 생리대를 배출했고 그 양이 적지 않았다.

조금씩 버린 생리대와 생활 쓰레기들이 쌓여 간다. 산더미로 쌓인 쓰레기로 썩은 내가 진동했던 화장실과 후문 창고가 떠올랐다. 우리 집에도 그렇게 점점 쓰레기가 쌓인다. 바퀴벌레와 쥐가 우글거리기 시작한다. 그러다가 불이 나고 폭발음이 들린다. 펑!

"피임약을 먹을까?"

민정이가 내놓은 아이디어에 애들은 고개를 저어댔다.

"생리를 잠깐 미룰 뿐이야. 임시방편이라고."

예주가 끼어들었다. 나 홀로 당황하고 있었다. 민정이는 물론이고 다른 애들까지 이런 쪽으로 은근 지식이 많구나. 피임약은 생각조차 못 했는데.

"생리대 없던 시절에는 어떻게 했는데?"

지율이의 질문에 내가 어물쩍 대답했다.

"잘은 몰라도 남는 천 같은 걸 쓰지 않았을까?"

생리대와 탐폰이 없던 시절이 상상이 가지 않았다. 누구한 테 물어봐야 좋을지 선뜻 떠오르는 사람도 없었다. 생리대와 탐폰이 없고 생리에 대한 인식이 지금과 달랐던 시절을 살아낸 여성들은 여러 불편함을 감수했을 것이다. 지금 우리가 도저히 상상할 수 없는 불편함이 일상 곳곳에 숨어 있었겠지.

"나 다음 주 예정일인데."

민정이 입에서 한숨이 푹푹 나왔다.

"나도."

내 입에서도 깊은 한숨이 새어 나왔다. 작년 사회 시간에 빈부 격차와 복지 제도에 대해 이야기했을 때 생리대 이야기가 나왔다. 돈이 없어 신발 깔창이나 버리는 걸레를 생리대 대신 써야 하는 친구들 이야기였다. 처음에는 그 이야기들이 실화라는 사실이 믿기지 않았다. 도서관이나 학교 여자 화장실에 무료 생리대 자판기가 있다는 뉴욕 이야기를 들었을 때는 부러워서 입이 툭 튀어나왔다.

이제 친구들과 나도 생리대 대신 버리는 옷이나 수건을 사용해야 할지도 모른다. 생리대가 없어 고생하는 친구들 이야기를 들으면서 그게 내 이야기가 될 수 있다고 생각하지 않았다. 그들의 이야기를 최대한 나와 멀리 떨어뜨려 놓고 다른 세계에서 일어난 일처럼 들었다.

다시 학교에 나오게 되면서 우리는 매일 대책 회의를 했다. 점심을 후딱 먹고 모였다. 하루는 매점 빈 자리에서, 하루는 빈 시청각실에서, 하루는 코딱지만 한 크기의 학교 정원에서 뭉쳤다.

"면 생리대를 활용하면 어떨까?"

운동장에서 체조를 하다 말고 민정이가 말했다. 체육 수
업이 몰려 운동장은 시끌벅적했지만 민정이 목소리는 아이
들 소음에 묻히지 않고 울렸다. 나는 또 한번 깜짝 놀랐다. 회
의를 거듭할수록 민정이는 빛이 났다. 실은 그동안 민정이를
주목한 적이 없었다. 성적도 그저 그렇고 체육, 음악, 미술에
서 두각을 드러낸 적도 없었다. 정말 평범 그 자체인 애라고
생각했다. 그런데 하나의 논제가 떨어지자 민정이는 겁없이
달려들면서 끊임없이 아이디어를 내놓았다. 무엇보다도 자
기 의견이 까일까 봐 두려워하지 않았다. 그게 좀 부러웠다.

방과 후 텅 빈 시청각실에 모여 민정이 아이디어를 다른 애
들과 공유했다.

"그게 좀 비싸대."

예주의 태클에 민정이는 고개를 한 번 까닥했다.

"맞아. 장기적으로 길게 쓰면 비싸지 않은 건데 우리가 사
기엔 비싸."

그 뒤 회의는 흐지부지 끝났지만 면 생리대를 생각해 낸 것
은 큰 수확이었다. 가방을 메는데 민정이가 내 쪽으로 몸을
바짝 붙였다.

"같이 쓰면 어떨까? 혼자 사면 비싸지만 여러 명이 같이 사

면 싸지잖아."

내 쪽을 바라보던 지율이 얼굴에도, 민정이 목소리를 들은 예주의 얼굴에도 살포시 미소가 번졌다. 괜찮은 아이디어라는 뜻이었다.

방향은 잡혔는데 앞으로 어떤 것을 해야 하는지 감이 잡히지 않았다. 민정이처럼 멋진 아이디어를 낼 수 없다면 문제 해결 능력이라도 보여 주고 싶은데. 언니라면 지금 내게 필요한 말을 해 줄 수 있지 않을까?

나는 침대에서 이리저리 뒹굴다가 벌떡 일어났다. 얼마 남지 않은 손톱을 질근질근 씹다가 휴대 전화 패턴을 풀었다.

— 시간 있어?

언니는 무슨 일이냐고 물었다. 대충 내용을 정리해 타다다닥 문자로 보냈다. 언니의 답장은 짧았다.

— 내 방으로.

언니 방의 문을 열었다. 바로 옆방이지만 얼마 만에 언니 방에 발을 들이는 건지 기억이 가물가물했다. 앉으라는 말에 침대에 살포시 걸터앉았다. 언니는 회전의자를 오른쪽으로 한 번, 왼쪽으로 한 번 돌리더니 갑자기 멈춰 세웠다. 그러더니 두 팔을 책상 위에 올리고 천천히 깍지를 꼈다. 〈그것이 알고 싶다〉 사회자처럼 돌연 '그런데 말입니다'라고 말해 버릴 것 같은 분위기를 물씬 풍겼다.

"영국에 말이야, 기저귀 도서관이 있어."

"기저귀 도서관?"

"아기들 기저귀를 무상으로 빌려주는 거야. 빌린 사람이 세탁을 해서 반납하면 관련 기관에서 한 번 더 세탁을 한 뒤 다른 사람한테 다시 빌려주는 거지."

언니가 깍지를 풀고는 등받이에 등을 기댔다.

"기저귀 대신 생리대를 빌려주는 거야."

반짝 떠오른 아이디어에 내 목소리가 점점 커졌다.

"우리도 학교에서부터 시작하면 되겠다!"

내 말에 언니는 입꼬리를 살짝 올렸다. 내가 잘못 본 걸까? 언니는 나한테 좀처럼 미소를 짓지 않는 사람인데?

"이제 너도 뭘 좀 아네."

웬일이래. 처음 보는 언니 미소에 괜스레 민망해져 서둘러 방을 나왔다. 방문을 닫고 한참을 서 있었다. 뭔가 기분이 이상했다. 언니와 내가 이런 말을 주고받았다는 것이 신박했다. 생리대 도서관이라니. 도서관은 책만 빌려주는 곳이라고 생각했다. 애들이 모여 있는 단체 톡방에 언니와 나눈 대화를 간추려 올렸다.

우리는 곧바로 움직였다. 지체할 시간이 없었다. 아이들은 지금도 생리를 했고 조만간 생리를 할 예정이었으니까. 먼저 예산 확보가 필요했다. 모금 캠페인을 벌이기로 했다. 프로젝트의 의의를 설명한 뒤 다양한 행사를 이어 나갔다. 기후 위기의 심각성을 알리는 보드게임을 만들어 참가비를 조금씩 받았다. 지율이 삼촌의 기부를 받아 대나무 칫솔을 판매하기도 했다. 매점에서 더는 간식을 사 먹지 못해 용돈이 남아도는 아이들이 많아서인지 모이는 돈이 꽤 쏠쏠했다. 돈 관리는 계산에 밝은 예주가 맡았다.

그다음엔 학교 선생님들과 교육부 관계자들을 설득해야 했다. 학교 안에 생리대 도서관을 설치할 공간과 담당 인력 배치가 필요했다. 우리 중 말발이 가장 좋은 지율이가 나섰다.

큰 공간이 필요한 것은 아니었다. 아주 작은 공간을 효율적으로 꾸려 나가면 된다. 가장 큰 문제는 면 생리대를 깨끗이 세탁하는 일이었다. 자원봉사로 배치될 세탁 담당자가 학교 근처 빨래방을 이용하면 어떨까? 세탁 전문 업체에 수거, 빨래, 배송까지 맡기면 돈이 많이 들겠지? 우리는 치열하게 토의하고 이야기를 나누었다. 가장 좋은 방법을 찾을 때까지 세탁소를 운영하는 예주 부모님이 세탁을 맡아 주기로 했다.

도서관 공간을 위한 공사가 시작된 날, 아이들은 물론이고 선생님들까지 관심을 드러냈다. 점심시간이 끝나 갈 무렵, 고개를 빠끔히 내밀며 공사 현장을 훔쳐보던 남학생 몇 명이 내 쪽으로 다가왔다.

"뭐 도울 일 없을까?"

내가 눈을 더디게 깜박이다가 안경을 손등으로 추켜올리자 키가 큰 남학생이 말했다.

"이거 생긴다고 여자 친구가 좋아하더라고."

키 큰 남학생의 귀가 빨갛게 물들었다. 그 모습에 속으로 쿡쿡대고 있는데 옆에 서 있던 통통한 남학생이 쭈뼛쭈뼛 덧붙였다.

"우리 누나도. 뭐라도 도와주고 오래. 안 그러면 쟁여 둔 초콜릿 다 먹어 버리겠대."

마음에 잔잔한 파문이 번져 나갔다. 나 자신을 위해 이 도서관을 꼭 만들어야겠다고 생각했다. 그런데 그게 다가 아니었다. 나와 친구들을 위한 일이자 동시에 학교에 다니는 여학생 전체를 위한 일이기도 했다.

"그럼 창고에 있는 안 쓰는 책상 좀 옮겨 줄래?"

"몇 개나?"

"일단 여섯 개 정도만."

"오케이."라고 외친 뒤 그 애들은 창고 쪽으로 걸어갔다.

115

모두가 조금씩 연결되어 있구나. 연결되어 있지 않다고 생각한 사람까지도 나와 이 도서관과 기후 위기에 연결되어 있었다. 사랑에 빠진 사람처럼 마음이 자꾸 간질간질했다. 보람을 느낀다는 말이 이런 걸까? 이제야 좀 알 것 같다. 언니가 그토록 열정적으로 행동한 이유를, 자기 몸이 부서져라 움직이면서도 늘 에너지가 철철 넘쳤던 이유를, 어떤 시련이 닥쳐도 언니에게서 늘 빛이 나던 이유를 알 것 같다.

수업 시작종이 울렸다. 교실 뒷문으로 쑥 들어갔더니 내 자리에 앉아 있던 지율이가 보였다.

"있지, 문제가 생겨서 당분간 담당자가 없을 것 같아."

교육부 담당 선생님과 협의가 잘 끝난 줄 알았는데 아니었나 보다. 아이디어를 떠올린 순간부터 지금까지 계속 이런 일의 연속이었다. 문제가 생긴다. 해결책을 찾는다. 다시 다른 곳에서 문제가 터진다. 다시 해결책을 찾기 위해 머리를 맞댄다. 또 문제가 터진다. 전혀 예측하지 못한 곳에서……

"해결될 때까지 우리가 번갈아 지키자."

뭐 하는 수 없지. 부지런히 몸으로 때우는 수밖에.

"앗, 나도 그 말 하려고 했는데!"

민정이가 불쑥 끼어들었다. 나는 민정이를 바라보며 환하게 웃었고 민정이도 함박웃음을 지었다. 앞문이 열리면서 영어 선생님이 들어왔다. 우리는 번개보다 빨리 자기 자리를 찾아 앉았다.

Climate crisis. 기후 위기. 더 정확한 표현은 기후 가열이다. 지구는 점점 뜨거워지고 있다. 만 년 동안 4도가 올랐는데 인간 때문에 백 년 만에 1도가 올랐다. 지금 우리가 처한 상황은 비상사태다. 언니 말에 따르면 지구 기온 상승 폭을 1.5도 이내로 제한하지 못하면 끔찍한 일들이 벌어진단다. 기후 이상으로 인한 기후 난민은 이미 전쟁 난민 숫자를 넘어섰다고 한다.

요즘 나는 부끄러운 것이 많아졌다. 행동하는 10대들의 모임 리더인 언니 말을 귓등으로 흘려들은 일도 창피하고, 아이디어 뱅크인 민정이를 나와 비슷한 성적이라고 무시한 것도 부끄럽다. 아무렇지 않게 쓰레기를 길거리에 내다 버린 기억은 가위로 싹둑 잘라 버리고 싶다.

제주도에서 활동하는 '멸종 위기종 어린이단'을 알게 되었을 때는 정말 쥐구멍에 숨고 싶었다. 초등학생들이 고사리손으로 쓰레기를 줍고 포켓 캠페인을 했다. 그 애들이 '국제 연안 정화의 날'에 바다에 가서 쓰레기 종류를 조사해 표를 만드는 동안 나는 치킨을 잔뜩 시켜 먹기 바빴다. 어떤 고등학교에서 고기 없는 화요일 프로젝트를 추진해 채식 급식을 확대하는 동안 나는 연신 고기만을 외쳤다. 언니가 환경을 위한 글을 SNS에 올리고 목소리를 높이는 동안 나는 아이스크림을 종류별로 사 먹기 바빴다.

아직 늦지 않았다. 우리에게 남은 기회를 붙잡아야 한다. 작고 사소한 일부터 시작하면 된다.

언니 SNS에 들어가 좋아요 버튼을 눌렀다. 아주 작고 사소한 일부터 시작하기로 마음먹었다. 양치질을 할 때 컵을 사용한다. 고기를 덜 먹는다. 전기를 절약한다. 지구의 날 전 세계 전등 끄기 캠페인을 할 때 촛불을 켠다. 설거지 비누를 사용한다. 텀블러와 장바구니는 필수로 가지고 다닌다. 그리고 일회용 생리대는 이제 그만. 면 생리대 만드는 방법을 검색해 본다. 그럴 상황이 아니라면 생리대 도서관을 이용한다. 이 도서관이 학교마다, 동네마다 생겼으면 좋겠다.

정말 뜨거운 여름이다. 더위에 몸이 녹아내릴 것 같다. 몸에 쩍쩍 달라붙는 일회용 생리대는 이제 안녕. 습기도, 땀도 덜 차는 면 생리대가 우리에게 있다. 언니 말대로 아직 기회가 있었으면 좋겠다. 늦었다고 생각할 때가 가장 빠르다는 말이 진짜였으면 좋겠다. 아직은 포기할 수 없다.

끝날 때까지 끝난 게 아니다.

* 참고 자료
– 이동학, 《쓰레기책》, 오도스, 2020.
– 기후 위기와 싸우는 10대들, 《지구는 인간만 없으면 돼》, 프로젝트P, 2021.

작가의 말

평소 환경 문제에 관심이 많았기에 생태 환경, 기후 위기라는 키워드를 들었을 때 반가운 마음이 앞섰다. 앞으로 계속 주목해야 할 주제라고 생각한다.

우연히 최재천 교수님의 강연을 듣고 무척 놀랐다. 생태계 네트워크 파괴가 심각한 수준에 올랐고 생물 다양성 감소도 엄청났다. 야생 포유류 83%, 해양 포유류 80%, 식물 50%, 어류 15%가 이미 멸종되었다고 한다. 기후 변화에 관한 정부 간 협의체(IPCC)가 2021년 4월 발표한 6차 보고서에 따르면 지구 평균 기온 1.5℃ 상승 예상 시점은 2020~2042년이다. 지구 온도가 1.5℃ 상승하면 환경 파괴와 기후 재난은 돌이킬 수 없게 된다.

자료 조사를 하면서 기후 위기를 위해 행동하는 10대가 많다는 사실을 알게 되었다. 세계적으로 유명한 그레타 툰베리만큼이나 똑똑하고 실천력 있고 멋진 10대가 한국에도 많았다. 미안한 마음과 고마운 마음이 동시에 들었다. 지구를 위해 행동하는 친구들이 더 많아지면 좋겠다. 나 또한 일상에서 사소하지만 중요한 실천들을 해 나가련다. 부디 우리에게 아직 기회가 있었으면 좋겠다.

05

디아-스페로 K

임어진

2006년 샘터상을 받고 작품 활동을 시작했다. 2009년 《델타
의 아이들》로 웅진주니어문학상 대상을 수상했다. 지은 책으
로 청소년 소설 《궤도를 떠나는 너에게》, 《아이 캔》 등과 동화
《뭐든지 로봇 다요》, 《이야기가 사는 숲》, 《푸른 고래의 시간》,
《아니야 고양이》, 《너를 초대해》, 《이야기 도둑》, 그림책 《해
치》, 《다와의 편지》 외 여러 권이 있다.

"뱅갈은 어디 있죠?"

"서류 이리 줘, 해준아."

"뱅갈이 어디 있는지부터 말씀해 주세요. 지금 위험한 건
아니죠?"

내 목소리가 계속해서 금속성을 내고 있었다. 내 귀에도
낯설게 들렸다. 초조할 때면 나오는 목소리였다. 미주 샘은
가벼운 한숨을 내쉬었다. 내 모습이 마음에 안 든다는 신호
였다. 상관없다. 미주 샘과 마음을 터놓고 싶은 생각은 없다.

미주 샘이 우리 일을 방해할지도 모른다는 생각은 진작부
터 하고 있었다. 이렇게 예상치 않은 때에, 그것도 이처럼 빨
리 개입해 들어올 줄 몰랐을 뿐이다. 디아-스페로 K, 그러

니까 벵갈이 이 사실을 어서 알아야 하는데……. 미주 샘 일행이 문 앞을 가로막고 있는 이 상황에서는 알릴 방법이 없어 속만 탔다.

미주 샘은 디아-스페로 K의 정체를 어떻게 알게 된 걸까? 나처럼 메시지를 받고 있던 아이들을 추궁해 알아낸 걸까? 아니면 자신도 동조자처럼 메시지를 직접 받고 있었던 걸까? 결사대 대원이 되고 싶은 척하며 벵갈을 떠보다 알아낸 걸까? 그럴 가능성이 매우 크지만 먼저 입을 열어 기정사실로 확인해 주어서는 안 될 것 같았다. 더 버틸 수 없을 만큼 모든 게 명명백백 드러날 때까지는 긴장해야 했다. 미주 샘과 팽팽한 신경전을 할 수밖에 없다.

"벵갈은 곧 해결될 거야. 지금 당장은 좀 어렵더라도."

이상한 말이었다. 무사하다, 안전하다, 위험하지 않다, 그런 말들과는 달랐다. 해결될 거라니. 미주 샘 일당이 혹시 벵갈에게 무슨 안 좋은 일이라도 벌이려는 걸까?

"벵갈하고는 여기서 처음 만났던 거지? 그게 1년 전이었니?"

"네."

"우리 전선은 어떻게 알고 있었던 거야? 벵갈이 말해 준 거야?"

이 이상한 말은 또 뭐지? 이건 거의, 아니 제대로 취조 분위기 아니야? 나는 앞에 서 있는 미주 샘을 쏘아보았다.

"뭐 하자는 거예요, 지금?"

"응? 조사."

미주 샘은 돌려 말할 생각이 전혀 없다는 뜻을 그대로 드러냈다.

"조사요? 내, 내가 왜요? 그리고 무슨, 샘이 무슨 권리로요?"

어이가 없어 말이 막 꼬이려고 했다. 미주 샘과 양옆에 서 있던 전선 활동가 둘이 눈길을 주고받았다. 나를 어떻게 구슬릴지 의견을 맞추려는 게 뻔히 보였다.

벵갈과 만나기로 한 시간이 다가오고 있었다. 내가 나타나지 않으면 벵갈은 나도 그저 그런 애로 여길 게 분명했다. 귀찮은 건 대충 안 하고 싶어 하는 애, 약속도 건성으로 하는 애. 내가 약속을 잘 지키는 아이 같아서 특별히 내게 부탁하는 거라고 했는데…….

부탁한 일은 대단한 게 아니었다. 캠프 사무실 캐비닛에 있는 평범한 서류 봉투를 갖다 달라는 것뿐이었다. 오늘 처리해야 하는 일인데, 자신은 그 시간에 다른 일이 있어 사무실까지 왔다 갈 형편이 안 돼서 그런다며.

이상할 건 아무것도 없었다. 그런데 부탁대로 사무실에 들러 벵갈이 알려 준 캐비닛 비밀번호를 누르고 서류 봉투를 꺼내 나가려는 순간 미주 샘 일행이 황급히 들어선 것이다. 별일도 아닌데 이상한 표정으로 나를 살피는 미주 샘 일행이 이상해도 백번 더 이상했다. 샘 일행이 나를 사무실 의자에 주저앉히고는 목적이 뭔지 알 수 없는 조사 명목으로 지금 이렇게 취조 수준으로 다그치고 있으니 말이다. 벵갈과 미주 샘은 이 난민 캠프 청소년부의 지도 간사로 겉으로는 동료인 척 지내왔는지 몰라도 사실은 반대편에 서 있는 적인 게 분명했다. 서로 비수를 꽂을 기회만 노리는…….

소탈하고 진정성 있는 척 캠프 일과 사람들에게 성심을 보이던 미주 샘에게 배신감이 느껴졌다. 그게 다 벵갈, 디아-스페로 K의 정체를 파악해 덜미를 잡으려는 속셈 때문이었을 거라고 생각하자 잠시도 한 공간에 같이 있고 싶지 않았다.

"벵갈에게 왜 서류를 갖다주려고 한 거니?"

난 반발감에 바로 받아쳤다.

"난 누가 부탁하면 들어주어야 한다고 생각하니까요. 또 약속한 건 지키는 성격이니까요."

"그 서류가 뭔지는 아니?"

의자를 박차고 일어나려는 순간, 미주 샘이 불쑥 말을 던졌다. 나는 입꼬리를 비틀며 피식 웃었다. 내용이 뭔지는 모르지만 미주 샘 일당의 정체가 만천하에 탄로 날 서류라는 건 안 보고도 알 것 같았다.

"우리는 지금 전쟁을 하고 있다고 생각해."

웬 잠꼬대인지. 아, 벵갈 같은 방해자들을 처리해야 자신들의 탐욕과 야심을 맘껏 펼칠 수 있다는 점에서는 전쟁이 맞겠지. 당신들만의 전쟁. 그래서 벵갈이 지금 어디 있느냐고 내가 물었을 때도 '해결'될 거라는 말을 한 거고.

"디데이를 앞두고 있어, 해준아. 지금이 얼마나 중요한 때인지 몰라. 이 서류도."

나는 멍한 눈으로 미주 샘을 바라봤다. 어떻게 저렇게 우스꽝스러울 만치 심각한 얼굴로 대사를 읊을 수가 있을까. 자기 연기에 도취된 어설픈 배우처럼 보였다. 디아-스페로 K의 전언을 진심을 다해 되뇌며 목이 잠기던 벵갈의 얼굴이 생각났다.

"전언 하나, 세상을 변화시킬 수 있다는 믿음이 필요하다. 우리는 그 전파자가 되자."

그 메시지를 읊조리던 순간 벵갈의 눈빛은, 지금 미주 샘과는 비교도 되지 않을 만큼 순수하게 빛이 났다.

벵갈 생각을 하자 와락 초조감이 일었다. 약속 장소로 나가 서류를 전해 주어야 할 시간에 무얼 하고 있는 거지? 벵갈을 돕지 못하도록 나를 가로막으며 사무실에 붙들어 놓고 있는 미주 샘 일당에게 짜증과 분노가 일었다.

"나는요, 약속 어기는 사람이 제일 싫거든요. 지금 샘들 때문에 내가 그런 사람이 되고 있잖아요!"

내 목소리가 사무실 벽에 부딪치며 날카롭게 되돌아왔다. 벵갈은 나를 믿고 부탁했는데, 사소한 약속도 제대로 지키지 않는 걸 알면 실망할 게 틀림없었다. 앞으로 중요한 얘기는 절대 나누고 싶어 하지 않을 거다.

"제발 좀 비켜 보시죠! 대체 무슨 상관들이시기에 나를 못 나가게 하는 거예요?"

내가 벌떡 일어서며 목소리를 높이자 미주 샘 표정이 어두워졌다.

"조금만 더 들어 봐. 벵갈은 시간이 문제지 해결 못 하지는 않을 테니까."

"하, 해결! 아까부터 해결, 해결 하는데, 그게 무슨 뜻이에요? 벵갈을 제거하기라도 할 건가요? 샘들 정체가 대체 뭔데, 무슨 작당을 꾸미고 있기에 수상한 소리를 자꾸……."

그때 문득, 디아-스페로 K의 전언 하나를 또 읊던 벵갈의 목소리가 머릿속에서 울려 퍼졌다.

"전언 둘. 악당이라는 표현은 사안의 중대성을 약화시킬 수 있다. 기후 범죄도 범죄이다. 범죄 기업들을 기후 악당이라는 꾸밈말로 치장해서는 안 된다."

심각한 기후 범죄의 중대성을 그런 이미지화된 말로 말랑말랑하게 만들어서는 안 된다는 얘기였다. 디아-스페로 K는 그런 지점에서 탄소 발자국이라는 말도 낭만적으로 윤색된 말이라고 못마땅해했다. 탄소 중립이라는 용어도 마찬가지로 봤다. 인류는 이미 선을 넘었고 자연에 확실한 피해를 입혔는데 어떻게 중립일 수 있느냐며. 중간 정도 위험성을 유지한다는 말이면 그냥 중간 단계라는 말이 낫다고 했다. 중립은 마치 공정하고 객관적인 위치에서 문제를 바라보듯 책임감과 죄책감을 덜어 주거나 희석하는 효과를 불러일으킨다는 것이다.

정확한 사태 이해와 책임 소재, 문제 해결을 위해서는 비유도 미화도 아닌 적확한 원래 용어를 써야 한다는 게 디아-스페로 K의 일관된 신념이었다. 탄소 사용량, 탄소 배출자, 기후 책임 기업, 기후 범죄국, 이런 식으로.

한 해는 내내 가물고 이듬해는 줄곧 비가 내리고, 이번 해에 지구가 불덩이면 다음 해는 냉해가 지속됐다. 이렇게 기후 이변이 이어지자 외국에서는 물론 국내에서도 기후 이주민, 기후 난민이 속출했다. 설산과 극지에서 녹아내린 빙하 물로 우려했던 전 세계의 해수면 상승이 현실이 됐다. 설산 물줄기에 기대어 살던 곳들은 바짝 마른 사막 지대로 변하고, 한반도 남쪽과 서쪽 지역 일대는 밀려 올라온 바닷물에 결국 잠기고 말았다. 남쪽 해안 근처 작은 도시에 살던 우리 가족 도 기후 이주를 해야만 했다.

처음부터 신중하고 냉철하게 잘 판단해 이주지를 골랐어 야 했는데……. 부모님은 지인들과 친척들 가까이 있고 싶어 서해 바닷물이 여차하면 밀물져 범람할 수도 있는 한반도 허 리의 강기슭에 또 새 둥지를 틀었다. 새로운 생활에 대한 기 대로 평생 아껴 모은 걸 쏟아부어 예쁜 집도 짓고 식당을 열 었다. 두세 해는 무난히 지나갔다. 엄마, 아빠가 서로 땀을 닦 아 주고 등을 두드려 주는 모습도 종종 볼 수 있었다. 가끔은 맛있는 걸 만들어 이웃 사람들과 같이 둘러앉아 먹었다.

하지만 곧 다시 거기를 떠야만 했다. 2년 전 연초부터 내내 비가 내리던 해 여름, 눈앞에서 벌떡 일어선 채 덮쳐 오던 집 채만 한 강물을 보고 우리는 반쯤 혼이 나간 채 집에서 급히 빠져나와야 했다. 물길을 억지로 틀어막는 구조로 쌓은 부 실한 강둑 제방을 동네 사람들은 계속 걱정했지만 우리는 설 마 했다. 제방은 높았고 콘크리트로 단단히 발라 놓아 튼튼

해 보였다. 물이 그렇게 힘이 셀 줄은 몰랐다. 제방이 맥없이 뚫린 날, 우리는 온몸이 젖은 채 사소한 살림 몇 가지만 챙겨 들고 북쪽 고원 지대에 있는 기후 난민 캠프로 갈 수밖에 없었다. 처음에는 임시 거처로 여겼지만 범람이 일상이 되면서 복귀를 포기해야 했고, 부모님은 난민 캠프 안의 배식 코너에서 일을 하기 시작했다. 나는 캠프 인근에 있는 학교로 전학을 하고 캠프 거주 청소년들로 조직된 단체 '기후 권리 청소년 행동'에도 들어갔다. 거기서 친구 은서와 지도 간사들인 벵갈과 미주 샘을 만났다. 벵갈과 미주 샘이 급진적인 활동을 펼치는 국제 난민 단체인 세계 난민 전선 한국 지부 기후 결사대 소속 대원이라는 건 눈치로 알고 있었다. '청소년 행동' 단체 일에 열심이었던 은서와 나를 자신들의 뒤를 이을 결사대 대원 후보들로 기대하며 열심히 가르치고 애정과 정성을 듬뿍 쏟았다는 것도. 물론 미주 샘은 이제 믿을 수 없는 사람이 됐지만…….

미주 샘 일당이 기후 범죄에 맞서 싸우고 있는 디아－스페로 K, 벵갈의 노력을 무너뜨리려고 작당을 꾸미고 있는 적이라고 생각하자 두 주먹이 절로 불끈 쥐어졌다.

'악당들!'

나도 모르게 속으로 중얼거리고는 아차 싶어 얼른 번복

했다.

'아니지. 악당은 무슨. 그런 낭만적인 이름으로 꾸며 부르지 말라고 디아-스페로 K가 엄명을 내렸잖아. 그냥 범죄자들이지. 기후 범죄에 맞서 싸우고 있는 난민 전선 기후 결사대 활동을 방해하고 와해시키려는 방해자들! 기후 범죄를 돕는 범죄 협력자들!'

그렇게 생각을 다지고 나자 마음도 철벽처럼 꿋꿋해졌다. 미주 샘이 어떤 말로 회유해도 넘어가지 않을 자신이 있었다.

"2021년 네덜란드 헤이그 법원이 탄소 중대 배출 기업 쉘을 상대로 기후 위기 책임을 묻는 기후 소송에서 시민 환경 단체들의 손을 들어 줬어. 처음으로 우리가 승소한 싸움이지."

미주 샘은 나의 의심과 결심을 무시하듯 태연하게 기후 소송 이야기를 꺼냈다. '전쟁'을 하고 있다고 생각한다는 둥 '우리'라는 둥, 그런 말들을 저토록 아무렇지 않게 할 수 있다니, 위선의 표정도 거듭 지으면 진짜와 구분할 수 없을 정도가 되는 걸까.

"하지만 기업들은 결코 한 번에 자기 잘못을 인정하는 법이 없어. 이익을 포기하는 법도 없고. 쉘은 곧 항소했고, 2심에서도 지자 대법원까지 갖고 가 결국 패소했지.* 우리가 최종 승리한 기념비적인 기후 소송전이었어. 기후 전쟁에서의 의미 있는 진전이었고."

귀담아들을 생각은 전혀 없었다. 미주 샘이 무슨 의도로 내게 이런 장황한 이야기를 늘어놓는지 알고 싶지도 않았다. 물론 뱅갈의 진실을 실토하게 하려고 그런다는 건 충분히 짐작하고 있다.

"그 뒤로 기후 책임 기업들을 상대로 팽팽한 소송전들이 계속됐어. 승소율도 높아졌고. 이제 우리나라에서도 역사에 길이 남을 최대 기후 소송전이 시작될 거야."

잠깐만. 기후 악당이 아니라 기후 책임 기업이라고? 미주 샘도 원래 이렇게 말했던가? 하긴 디아-스페로 K의 메시지 내용을 모르지는 않을 테니까. 나를 설득하려면 그 정도 용어 구사는 해 줘야 한다고 생각했겠지.

나는 미주 샘 얘기를 그대로 흘려보내며 캠프 창밖으로 눈을 돌렸다. 캠프 사무실 유리창에 매미나방 한 마리가 날아와 달라붙었다. 매미나방들이 올해도 벌써 활동을 시작한 거다. 겨울 추위가 풀리기 바쁘게 알에서 깨어난 애벌레들이 입에서 실을 뽑아내며 바람을 타고 퍼지기 시작했다. 손을

• 2022년 상반기에는 쉘이 2심에서 항소하겠다고 예고만 한 상태이다.

쓰기에 이미 늦은 상태였다. 곧 걷잡을 수 없는 지경이 되었다. 해마다 그 시기가 점점 빨라지고 길어졌다. 겨울 같지 않은 겨울 때문이었다. 유리창에 매미나방 몇 마리가 더 날아와 달라붙었다. 금세 몸이 가려워지기 시작했다. 나도 모르게 팔을 긁었다. 매미나방들이 극성을 부릴 때면 팔다리가 어김없이 두드러기로 벌겋게 부어올랐다. 매미나방들이 휩쓸고 지나간 산이며 숲이며 밭에는 멀쩡한 식물이 하나도 남아 있지 않았다.

"지긋지긋해! 저 매미나방."

내 혼잣말에 미주 샘은 그저 고개를 끄덕였다.

"대체 저것들은 언제부터 난리였던 거예요? 전에는 이 정도는 아니었죠?"

미주 샘과 얘기하지 않겠다고 결심했지만 매미나방 때문에 그만 참지 못하고 말을 내뱉고 말았다.

"내가 어릴 때만 해도 이 정도는 아니었어. 기후가 이렇게 엉망이 되지 않았으면 방제 경보 발령하고 사이렌 울리는 일까지는 없었을 거야."

과연 멀리서 사이렌 울리는 소리가 들렸다. 나는 미주 샘과 뱅갈 이야기로 각을 세우던 것도 잊고 잠시 사이렌 소리에 귀를 기울였다.

맨 처음 매미나방을 보았던 날이 생각났다. 친구 은서가 캠프 바깥 친척 집으로 살러 가기 전 어느 날, 우리는 우연히 땅바닥에서 예쁜 곤충 하나를 발견했다.

"이거 봐! 시멘트 바닥에 작은 꽃이 있어. 정말 귀여워! 앗, 그런데 움직여!"

"예쁘네. 꽃이 아니고 작은 곤충 같은데?"

"정말?"

우리는 캠프 공터 나무 아래 벤치에 앉아 노닥거리며 과자를 먹고 있었다. 은서가 먼저 제 발 앞에서 스스스스 움직이는 노란 씀바귀꽃 축소판 같은 벌레를 발견했다. 아무리 봐도 바닥에 잘못 떨어진 작은 꽃 같았다. 움직일 때도 기어간다기보다 바람에 떠밀려 날리는 것 같았다. 그런데 작은 몸통에 붙은 발들이 양쪽에서 재바르게 움직였다. 매끈한 곡선을 이룬 조그마한 머리에는 점 같은 까만 눈도 보였다.

"이렇게 신비하게 생긴 곤충은 처음 봐. 무지 예쁘다."

"혹시 우리가 처음 발견한 거 아니야? 곤충 연구하는 곳에 보고할까?"

은서와 나는 폰을 꺼내 미니 씀바귀꽃 벌레가 움직이는 모습을 열심히 찍으며 마냥 들떠 얘기를 주고받았다.

"근데 우리만 모르고 있고 세상 사람들은 이미 다 아는 거면?"

우리가 발견한 곤충 사진을 인터넷에 올려 재빨리 검색해 보던 은서 얼굴이 시무룩해졌다.

"왜? 뭐래?"

"얘, 해충이래. 이름이 갈색날개매미충이고 약충이라는 데, 이렇게 예쁜 곤충이 왜 해충일까?"

"약충이면 완전 변태하는 곤충의 유충이라는 얘기잖아. 지금 모습만 봐서는 이 쪼그맣고 예쁜 곤충이 대체 해를 입히면 뭘 얼마나 입힐까 싶은데……. 안 그래?"

그때였다. 노랗고 작은 씀바귀꽃 이파리 같은 날개를 마냥 하늘거리던 매미충 약충이 갑자기 쏘듯이 날아 우리 쪽으로 뛰어올랐다.

"으아악!"

은서와 나는 혼비백산해 뒷걸음질을 쳤다. 매미충 약충이 제 몸의 몇 백 배는 됨 직한 거리를 내쏘듯이 한 번에 뛰어올랐던 거다. 그러고는 사뿐히 내려앉아 시침을 떼고 꽃잎 같은 노란 날개들을 다시 하늘하늘 흔들어댔다. 그 작고 예쁜 벌레가 달리 보이기 시작했다.

"헉. 얘 장난 아니네. 사람한테도 겁 없이 뛰어드는 걸 보니 좀 으스스한데."

인터넷 기사를 더 찾아보던 은서가 중얼거렸다.

"꽃매미, 미국선녀벌레와 함께 악명 높은 3대 해충 중의 하나래. 맙소사!"

"이름들이 왜 그렇게 예쁜 거야? 일부러 그렇게 지었나?"

"그러게. 왠지 기분이 나빠. 이런 곤충들이 기후 변화 때문에 휩쓸고 다녀서 과일들이 다 시커멓게 된다는데. 그을음병이라나."

그러다가 나무에 무더기로 붙은 매미나방을 보았다. 그 매미나방들에게 포위돼, 벌집을 건드려 온몸이 쏘인 것처럼 두드러기가 날 뻔했던 우리를 구출해 준 사람이 벵갈이었다. 윤범. 이름 끝 자가 호랑이 범이라며 자기는 벵갈 호랑이가 좋다고 해 별명과 닉네임이 벵갈이 되었다. 세계 난민 전선 기후 결사대 한국 지부에 대원으로 소속해 활동하는 것으로 보이며, 디아-스페로 K라는 닉네임으로 감동적인 기후 행동 전언을 비밀리에 전방위적으로 퍼뜨려 사람들의 각성을 돕고 있는 사람. 겉으로는 난민 캠프 내 청소년 단체 '기후 권리 청소년 행동'에서 우리를 지도해 주고 있는 간사 샘. 미주 샘과 같은 역할이었다. 미주 샘이 외부 활동을 좀 더 많이 하는 쪽이라면 윤범 샘, 벵갈은 우리 같은 회원들과 더 많은 시간을 보내는 쪽이었다.

"벵갈과 얘기 나눈 게 그때가 처음이었니?"

그게 왜 궁금한 건지는 알 수 없지만 나는 미주 샘 옆에 있던 전선 활동가가 묻는 질문에 잠자코 고개를 끄덕여 주었다.

그날 우리가 그늘에 앉아 있던 나무는 줄기마다 날개를 접은 매미나방들이 빈틈 하나 없이 빼곡하게 붙어 있었다. 나무 색깔과 비슷한 갈색이라 그냥 두툼한 가지처럼 보여 몰랐던 거다.

사람들이 평소에 잘 안 가는 데에 앉아 있던 우리를 발견한 벵갈이 급히 오더니 우리를 얼른 일으켜 세워 건물 안으로 데리고 들어갔다. 영문을 몰라 하는 우리에게 벵갈은 방금까지 앉아 있었던 나무 쪽을 가리켰다. 매미나방들이 멋모르고 나뭇가지에 내려앉은 새 한 마리에 반응해 일제히 깨어나 날기 시작했다. 매미나방들은 나무를 점령하다시피 둘러싸고 마구 둘레를 맴돌았다. 나무는 원래 느티나무였는지 벚나무였는지도 알 수 없도록 잎이며 줄기가 금세 다 뜯어 먹히고 말았다. 나뭇가지에 앉았다가 놀라 푸드득 날아오르려던 새도 깃털 한 줌과 뼈 무더기만 땅바닥에 떨구고 끝이었다. 은서가 부르르 몸을 떨었다. 나는 볼이며 팔이 가려워 긁다가 멈칫했다. 팔도 다리도 그새 벌겋게 부어올라 있었다. 매미나방이 알레르기를 일으킨 거였다.

매미나방 공포는 그때부터 매해 되풀이되었다. 이상 기온으로 온갖 벌레들이 대발생하며 기승을 부렸지만, 매미나방 떼가 가장 큰 피해를 입혔다. 정부 당국에서 천적인 기생벌 알을 대량으로 배양해 매미나방 출몰지마다 주입해 놓았지만 그 정도로는 해결이 안 됐다. 해를 거듭할수록 매미나방은 기세가 꺾이기는커녕 더 극성스러워졌다. 햇빛을 가릴 정도로 하늘을 가득 메우며 떼 지어 날아다니는 일도 있었다. 벵갈은 겁에 질린 은서와 내게 중국 대륙을 초토화시킨 옛날 메뚜기 떼 얘기도 해 주고, 히치콕 감독의 유명 영화 〈새〉도 보여 주었다. 공포감을 누그러뜨리기는커녕 도리어 부풀려 놓는 쪽이었다. 공포 면역력을 기르는 것도 공포를 이기는 방법 중의 하나라는 게 벵갈의 생각이었다.

우리에게 그렇게 세심한 벵갈을 미주 샘은 지금 시기하고 이간하려 한다. 나를 추궁해 뭔가 우위를 잡을 빌미를 찾고 있다.

"해준아, 네 잘못은 없으니까 괜찮아. 걱정 안 해도 돼."

미주 샘이 생각에 빠져 있던 내 눈을 가까이 들여다보며 말했다. 걱정되는 건 내가 아니라 벵갈이라고 소리라도 치고 싶었다. 미주 샘이 지금 이러면 안 되는 거 아닌가. 아무리 적대 관계여도 그간의 동료였던 최소한의 도리로. 근데 미주 샘은 한술 더 떠 이상한 소리를 했다.

"뱅갈이 네게 부탁한 이 서류는 우리가 온 힘을 다해 준비하고 있는 기후 소송전 관련 자료들이야. 국내 기후 소송 첫 번째 상대는 최악의 기후 오염원 온상인 제철 기업이지. 화석 연료를 끝도 없이 퍼 넣어야 하는 석탄 화력 발전소를 계속해서 짓고, 열악한 노동 조건을 전혀 개선하지 않아 노동자들이 수도 없이 죽거나 다치고 있어. 기본 민주주의가 짓밟히는 아시아의 독재 국가들, 권력자들을 옹호하면서 돕고 말이야. 우리는 제철 기업을 반드시 기후 책임 기업이자 기후 범죄 기업 처벌 법정에 세우고 말 거야."

처음 듣는 얘기였다. 몰랐던 일이기는 해도 중대한 의미가 있는 일이라는 건 알 것 같았다. 그런데 그 서류들을 뱅갈에게 전달하는 게 왜 문제인지는 이해가 되지 않았다.

"뱅갈이 그래서 누구보다 열심히 한 거 아니에요? 서류도 그것 때문에 필요해서……."

"뱅갈은 우리 소송전을 무산시키려고 해."

나는 멍해진 표정으로 미주 샘을 보았다. 무슨 말을 하는지 바로 파악이 되지 않았다.

"뱅갈은 그 서류를 빼내 없애려고 했던 거야. 컴퓨터 자료는 그것대로 감염시켜 못 쓰게 할 계획이었던 것 같고……."

"……."

내가 할 말을 잃은 채 멍하니 있자 미주 샘 옆의 전선 활동
가가 말을 보탰다. 미주 샘 입으로는 차마 하고 싶지 않아 하
는 말이어서 그랬을 수도 있다.

"벵갈은 그동안 우리가 소송을 걸려고 하는 기후 책임 기
업인 제철 기업의 자금 지원을 받고 있었어."

나도 모르게 자리를 박차고 벌떡 일어났다.

"무슨 말도 안 되는 소리예요? 벵갈을 어떻게 보고."

벵갈은 갑갑하고 막막한 캠프 생활에서 그나마 시간을 견
딜 수 있게 해 준 오아시스 같은 존재였다. 난민 캠프에서 나
가 친척 집으로 살러 들어가기는 했지만 은서도 그 점에서는
벵갈을 많이 따르고 크게 신뢰했다. 우리가 진심으로 믿고
따랐던 벵갈이 악덕 기후 책임 기업, 제철 기업의 사주를 받
은 일개 스파이였다고? 터무니없는 모함이 아닐 수 없었다.
나는 속으로만 알고 있으려고 했던 비밀 카드, 벵갈의 정체를
밝히지 않을 수 없었다. 벵갈이 사실은 기후 위기 문제에 누
구보다도 깊이 관여하며 사람들의 공감을 얻고 뭔가 실천하
도록 계기를 불어넣어 주는 인물, 디아 – 스페로 K라고. 마지
막 비장의 카드를 꺼내는 셈이었다.

"이 말만은 안 하려고 했는데, 너무 터무니없는 모함을 하

니 안 할 수가 없네요. 벵갈이 사실 어떤 분인지 아세요? 바로 누구보다도 기후 문제에 적극적으로 나서서 싸우고 있는 디아-스페로 K, 바로 그분이라고요! 그런 분이 어떻게 또 지금까지 정반대 편에 서서 그간 최고로 심각하게 국내 기후 범죄를 일으켜 온 악덕 기업의 돈을 받았을 수 있나요? 조금이라도 말이 되는 얘기를 해야 믿든가 말든가 하죠. 안 그래요?"

그때 유리창이 부르르 떨었다. 갑자기 낮이 밤으로 바뀐 것처럼 창밖이 어둑해졌다. 유리창에 매미나방들이 빼곡하게 들러붙었기 때문이다. 온몸이 미칠 듯이 가려워지기 시작했다. 참을 수 없는 가려움이었다. 멀리서 들렸던 사이렌 소리가 어쩐지 점점 가까워졌다. 밖에서 나는 소리가 아니었다. 내 안에서 울리는 소리였다.

미주 샘도 미주 샘 옆의 난민 활동가들도 잠시 잠자코 서로를 보기만 했다. 답할 말이 궁색해 변명거리를 찾는 모습들로 보였다. 아, 내가 착각한 거였다. 미주 샘은 내가 생각지 못한 전혀 뜻밖의 얘기를 꺼낼지 말지 잠시 망설였던 거다.

"디아-스페로 K의 새 메시지, 작은 생물체가 정상적이지 않은 이유로 군집을 이루면 사람들은 두려움을 느낀다. 하지만 정작 대발생해 문제를 일으킨 건 우리 인간들이다."

디아-스페로 K의 새 메시지라고? 처음 듣는 전언이었다.

놓친 메시지였나? 벵갈에게서 그 비슷한 이야기를 들은 적이 있던가 생각을 더듬고 있는데 미주 샘이 방금 한 말을 되짚어 말했다.

"벌레들이 대발생한 게 과연 벌레들 잘못일까?"

내키지 않았지만 나도 모르게 중얼거렸다.

"사람들이 기후 변화를 멈추지 못했으니 벌레들 잘못은 아니죠. 아니지만 벌레들이 싫은 건 어쩔 수 없어요. 해충들은 더 싫고요."

"해충이라고 보는 건 인간들 생각이지. 벌레들 관점에서 생각하면 저희는 그냥 태어나 살려고 아등바등한 것뿐일 거야. 다른 생물체들 처지에서 보면 우리 인간들이 해충일 수도 있어."

미주 샘은 연이어 또 말했다.

"디아-스페로 K의 새 메시지 또 하나. 사람들에게 거리 두기를 시작한 지구의 생물들이 거리 두기 단계를 최고 수준으로 상향 조정하겠다고 한다. 고립된 채 소멸의 수순을 밟을 것인가, 다른 방식으로 살며 공생의 기회를 다시 얻을 것인가. 우리는 길을 택해야 한다."

이 메시지 역시 처음 듣는 소리였다. 나는 묻지 않을 수 없었다.

"왜 디아-스페로 K 흉내를 내세요? 아님 디아-스페로 K 를 특별히 잘 아세요?"

내 말에 미주 샘이 마음을 정한 듯 단단한 목소리로 말했다.

"내가, 우리가 디아-스페로 K니까. 특별히, 잘 알지."

뻥치지 말라고 해야 하는데, 할 수 없었다. 내 앞의 미주 샘이, 미주 샘과 동료들이 사실은 진짜 디아-스페로 K임을 한순간 확실히 깨달았기 때문이다. 벵갈은, 기후 책임 기업인 제철 기업의 이익을 위해 어느 순간부터인가 자신이 지켜 오던 신념을 버리고 만 사람이었다. 난민 전선의 기후 결사대 사람들이 애써 모아 온 제철 기업의 기후 범죄 증거 자료들을 없애는 데에 나를 이용하려 한…….

분노로 호흡이 불규칙해졌다. 미주 샘이 가만히 다가와 어깨를 토닥여 주었다.

"언제부터였어요? 그쪽에 협력한 거……."

"우리가 알기로는 6개월 전. 하지만 수면 위로 드러난 게 그렇고 아마 그전부터 일찌감치 손을 뻗어 오지 않았을까?"

"어떻게 그렇게 쉽게 신념을 버리죠?"

"쉽지는 않았겠지. 그 이상의 유혹이 있었을 거고……."

"벵갈 같은 사람이 그렇게 되리라고는 상상도 못 했어요."

"벵갈만의 문제가 아니야. 제철 기업은 전방위적으로 사람들을 포섭해 방어벽을 쌓고 있어. 우리가 절대 못 뚫도록! 정계, 관계는 기본이고, 법조계, 학계, 예술계, 시민 사회 단체 할 것 없이 자본을 쏟아붓고 있지."

"고작, 돈이에요? 자존심도 버리고 회유당하는 이유가?"

"돈은, 고작이 아니야. 돈은 힘이 세."

나는 미주 샘 말에 기꺼이 동의했다.

"네. 인정해요. 돈은 힘이 세지요. 너무도 많은 걸 좌우하니까."

"사람 목숨도 사고팔 수 있는 게 돈이거든."

나는 말없이 고개를 끄덕였다. 그럼에도 그걸 마다하고, 회유를 거부하고 자존감과 명예를 지키는 사람들은 대체 또 뭐란 말인가. 당장 눈앞의 미주 샘만 해도 그런 회유의 손길을 얼마나 자주 물리쳐야 했을까.

"……."

내 표정이 너무 구슬펐나 보다.

"그래도 우리는 약하지 않아. 걱정 마."

미주 샘이 웃고 있었다. 나도 따라 조금 웃었다. 하지만 곧 눈두덩이 뜨거워지더니 눈물이 왈칵 솟았다. 분해서, 분명 분해서였다. 여기서 활동하며 가장 믿고 의지했던 벵갈을 우리에게서 빼앗아 가다니.

미주 샘은 이번 소송전을 준비한 과정과 이 소송이 얼마나 중요한지를 다시 한번 차근차근 말해 주었다. 이 소송을 제기하는 날이야말로 우리의 디데이라고.

"해준아, 함께하자. 네 힘을 보태 줘."

역사적인 디데이가 다가오고 있었다. 이 소송에서 우리는 승리할 수 있을까. 이 디데이에 우리가 해내지 못하면 자연에 속한 모든 것들과 생물들이 연대해 지구를 뒤덮고 있는 최대 해악 대발생 종 인간을 멸하는 디데이를 선포할지도 모른다. 그 전에, 그 전에 우리의 작은 디데이들을 온 힘을 다해 선포하고 이겨야 할 거다. 내가 어쩌다 얽혀 들어 문제를 일으킬 뻔했고, 또 다른 방향으로 이제 무언가를 하려고 하는 이 작은 디데이를 나는 조심스럽게 꼭 지켜 내고 싶다.

작가의 말

우리는 살아가며 결정적인 어떤 날들을 만난다. 개인에게 중요하고 특별한 날일 수도 있고, 이해관계가 상반된 집단의 운명이 걸린 날일 수도 있다.

지구의 한 생물 종으로서 인류에게 남은 생존 가능 시간은 얼마나 될까? 생존 가능 온도의 한계치에 거의 다다랐다는 경보음이 계속 울리고 있지만, 정말 긴박한 위기감을 느끼는 이들은 소수뿐인 것 같다.

인류는 지구를 독점하다시피 하고 있지만, 엄연히 지구의 주인이 아니다. 그야말로 대발생해 갖가지 문제를 일으키고 있는 거대 고등 생물 종일 뿐이다. 우리가 겸손한 거주민으로 지구를 대하고 다른 생물들과 공존하려는 노력을 기울일 때, 인류의 멸종 시점으로 급격히 기울어 가던 우주 시계의 초침도 속도를 늦출 수 있을 것 같다.

자연에 속한 모든 것들이 연대해 인류를 상대로 한 디데이를 선포하기 전에, 우리가 먼저 온 힘을 다해 회복 디데이를 만들어야겠다.

06

무단 어드벤처

박유진

2018년 제10회 창비어린이 신인문학상 청소년 소설 부문에
당선되며 작품 활동을 시작했다. 2020년 아르코 문학창작지
원금을 받았다. 지은 책으로는 《명세핀》 등이 있다.

경휘

점심으로 라면을 끓여 먹었다. 비상식량으로 남겨 놓은 마지막 라면이었다. 근처 텃밭에서 난 풀만 먹다가 라면을 먹은 날에는 그렇게 잠이 쏟아졌다. 아이들은 녹은 캐러멜처럼 끈적하게 바닥에 늘어져서 뒹굴거렸다.

"나가자."

집에 갔거나 샘과 함께 외출한 몇몇을 빼고 기숙사에 남은 사람은 다섯이었고, 모두 다른 이유로 외출 금지를 당한 상태였다. 7월의 주말, 몹시도 더운 날이었다. 벽마다 선풍기가 붙어 있었지만 한 개는 고장 났고 나머지는 더운 바람이 나왔다가 말았다가 했다. 그마저도 밥솥의 전원을 차단해 놔야 돌아갔다.

"아무도 안 나갈 거야?"

온 지 얼마 되지 않은 애가 뭘 안다고 벌써 나가자는 말이 나오나. 비웃는 소리가 들리는 것 같았다. 보일러를 튼 것도 아닌데 장판을 깐 바닥은 미지근했다. 몸을 맡길 찬 바닥을 못 찾은 누군가가 끙 소리를 내며 힘들게 일어나 앉았다.

"어디 가게? 마을 입구에 가면 할머니들이 불러서 옥수수 쥐여 주고는 종일 밭일 시킬걸."

"언제 적 얘길 하냐. 단수되고 밭 다 엎었어. 막가게는 문 열었나? 막가게라고 들어 봤지? 급식 샘 할머니네 가게. 거기 먹을 만한 것도 별로 없어."

"가만히 누워만 있으면 시간이 알아서 쭉쭉 가는데. 뭣 하러? 이대로 잠자코 있다가 당당히 나가련다."

아이들은 한마디씩 번갈아 말하며 경휘를 말렸다. 맞는 말들이었지만 답답했다. 같은 처지에 할 말은 아니지만 왜 끌려왔는지 너무나도 잘 알겠다. 이 한심한 것들아.

"그래서 이렇게 죽은 듯이 있자고? 주말인데? 물놀이 안 가?"

경휘는 소리치듯 말했다. 아이들의 눈에 반짝, 장난기 같

은 게 스쳐 지나갔지만 고개를 돌려 모두 누워 있는 걸 확인
하고는 다시 눈을 감았다.

"물 다 말랐던데. 공사한다고 땅 파 놓은 데서 냄새도 심
하고."

남은 애 중에서 나서길 좋아하는 창이가 하품을 하면서 말
했다. 하얗고 고운 피부를 가졌는데 그 덕에 몸이 접히는 부
분의 뻘건 아토피가 더욱 도드라져 보이는 애였다.

"우리도 나가자. 교장 샘은 출근도 안 하고, 급식 샘도 새벽
에 나가서는 깜깜무소식이고. 우리끼리 두는 거, 불법인데."

"불법? 뒷다리 긁는 소리 한다. 어이, 뉴 페이스! 우리가 여
길 나가면 그게 불법이란다."

창이는 아토피가 심한 무릎 뒤쪽을 진짜로 긁으면서 말했
다. 안 되겠다. 경휘는 말이 통할 것 같은 애를 공략하기로 했
다. 구자연. 저기 구석에서 눈을 깜빡거리며 눈치를 살피는
녀석이다. 누가 지 이름만 불러도 딸꾹질을 하는, 사회성 떨
어지는 남자애.

"야, 구자연. 안 나간 지 며칠째냐? 같이 나갈래?"

콕 집어 자기를 부르는 소리에 자연은 토끼 눈을 뜨고 일어
났다. 왜 나를?이라고 묻는 얼굴이었다. 경휘는 자연을 똑바
로 쳐다보며 너니까, 라는 표정으로 답했다. 다른 애들처럼

버틸래, 아니면 한 번도 보인 적 없는 모습을 보여 줄 기회를 잡을래? 자연은 잠깐 갈등하는 것 같더니 눈을 비비던 손으로 총 쏘는 시늉을 하며 말했다.

"알았어! 잠도 안 오는데 에어컨 바람이나 쐬러 갈까. 전학생, 아이스크림이나 쏴라!"

끔찍하게 어색하고 부자연스러운 동작이었다. 구성지게 트로트 꺾기를 시전할 것 같은 이름에다가 진짜 무대에라도 선 것처럼 남을 의식하는 행동 때문에 그렇게 놀림을 당했다더니 아직도 저러고 있다. 그래도 경휘는 최대한 경쾌하게 "오케이!"를 외쳐 주었다. 구자연만으로는 부족한데. 이번에는 이창이를 쳐다보며 한 톤 올린 목소리로 외쳤다.

"밤에 한판? 충전 고고?"

"에이, 그러자. 콜!"

창이는 못 이기는 척하면서 바로 대답했다. 시원하게 대답했지만 자기가 먼저 나서지 않은 걸 분해하는 것이 티 났다. 경휘는 입술을 안쪽으로 말아 넣고 찔끔찔끔 새어 나오는 웃음을 감췄다. 귀여운 것들. 저렇게 착한 애들인데, 한꺼번에 외출 금지라니. 그걸 또 다 같이 충실히 이행하고 있다니. 이 누나가 모험심 좀 심어 주마.

둘이면 안내자로 충분했다. 경휘는 부엌에 숨겨 둔 휴대

전화를 찾아왔다. 급식 샘이 신경 쓰였지만 사실 그는 휴대
전화 따위는 어떻든 상관없어 할 것이다. 과하게 근육이 붙
은 팔뚝과 솥뚜껑 같은 손으로 무생채며 파전을 만들 때는 보
기와는 다르게 꽤나 섬세한 줄 알았는데 며칠 지켜보니 그 샘
은 딴 데 정신이 팔려 있었다. 아이들이 외출한지도 모를 테
지만 안다고 해도 어쩌겠는가. 이곳에서 무단 외출을 제일
많이 한 사람이 외출 관리 담당자인 자신인 것을.

창이

    계곡을 지나 막가게까지 가는 길은 눈 감고도 훤했다. 외
출 금지 이전에는 전학생의 안내를 전부 도맡아 해 왔다. 안
내라고 해 봐야 기숙사인 마을 회관에서 임시 학교인 컨테이
너까지 가는 등굣길을 두어 번 오가거나 막가게 가는 길을 알
려 주는 정도였지만 그 역할이 좋았다. 어떤 이유에서건 이
곳에 왔다는 건 하자가 있다는 거였다. 기가 팍 꺾인 채 들어
오는 전학생을 데리고 잘난 척하는 맛도 쏠쏠했다. 경휘처럼
먼저 나서서 안내를 요구하는 건 처음 있는 일이었다. 안 그
래도 외출 금지 끝나면 데리고 나갈 생각이었는데, 성질 급한

애에게 뭔가를 뺏긴 기분이었다.

창이는 몇 번 가 본 적 없는 지름길을 택했다. 공사장 트럭이 내놓은 길은 편했지만 먼지나 냄새도 심했고 들킬 위험이컸다. 경휘의 기를 꺾기에도 지름길이 딱이었다. 갓 온 여자애에게 샌님 취급을 당했으니 마땅한 복수를 해 줘야지. 험한 산길에서 고생하다 보면 힘들게 애쓰지 않아도 서열이 정리될 것이다. 산속에서는 돌부리에 걸려 넘어지거나, 길을잃거나, 그늘이 지는 것만으로도 불안에 떨며 의지하게 돼 있으니까.

"꺄악! 이거 뭐야?"

역시. 경휘가 따라오다 말고 소리를 질렀다. 풉. 창이는 비웃음이 나오는 것을 굳이 감추지 않았다.

"어이, 뉴 페~. 왜에~."

경휘는 손가락으로 정면 쪽 나무 밑동을 가리켰다. 거기에 노란 뱀이 똬리를 틀고 있었다. 이건 생각하지 못한 변수였다.

"배, 뱀인가?"

창이는 나뭇가지를 하나 들고 가까이 가서 콕 찔러 보았다. 공기만으로 단단해진 풍선의 탄성 같은 느낌이 막대기를 통해 손으로 전달되었다. 순간 너무 소름이 끼쳐 막대기를 던졌다. 던져진 막대기는 또 다른 똬리에 가서 박혔다. 막대기가 꽂힌 것 옆으로 다른 동그라미가 있었다. 창이는 한 발 멀리서 그것들을 관찰했다. 지름은 10센티미터 정도에 길이는 1미터 정도? 무늬 없는 민짜였고 거죽이 몹시 매끄러워 보였다. 크기는 구렁이에 가까웠으나 대가리와 꼬리가 없이 양 끝을 뚝 떼어 낸 것처럼 뭉툭했다. 진짜 살아 있는 것이라기보다 누군가가 인위적으로 빚어 놓은 것 같달까. 이런 징그러운 생명체는 처음이었다. 스르르륵. 뭔가 미끄러지는 소리도 들리는 것 같았는데 막상 숨죽이고 귀 기울여 보니 사방이 이상하리만큼 조용했다. 귀 따갑게 울어대던 풀벌레들 다 어디 간 거야. 저것들이 산을 정복이라도 한 건가.

그냥 아는 길로 갈 걸 그랬나, 지금이라도 돌아갈까 생각도 해 봤지만 이미 많이 왔기 때문에 가게로 가는 게 더 빠를 것이다. 빨리 가면 된다. 하지만 계획과는 달리 몇 미터 못 가서 또 멈춰야 했다. 물컹, 하고 발에 무언가가 자꾸 밟혔다.

"여긴 또 지렁이가 왜 이렇게 많아?"

"이건 실뱀 같은데? 가물인데 지렁이는 아닌 거 같고."

이번에는 구자연이 나서서 여기저기 찔러 봤다. 찌르면 아주 느리게 움직이는 것도 있었고 꼼짝도 안 하는 것들도 있었다. 크기는 아까 것보다 훨씬 작았지만 모양이나 색은 똑같

왔다.

"지렁이는 몸에 줄이 있고 뱀은 눈 코 입이 있는데……. 이 놈은 아무것도 없네."

자연은 멍 자국을 눌러 보는 것처럼 손으로 그것들을 꾸욱 눌렀다.

"여기가 입인가 보다. 눈은 없는 게 확실하고. 장어과 인가?"

창이는 산에 그런 게 있을 리가 있느냐고 쏘아붙이려다가 말았다. 구자연 녀석, 평소에는 눈칫밥 먹는 꼬마처럼 굴더니만 지금은 얄밉게도 전혀 겁먹지 않은 편안한 얼굴이다. 전학생은 어느새 구자연 뒤에 바싹 붙어 있었다.

"이상하게 생겼다. 방금 뭐 먹었나? 왜 이렇게 뚱뚱해? 죽은 게 아니라 배불러서 못 움직이는 거 같은데?"

"그만 건드려. 그러다 물리면 어떡해."

그 말을 하자마자 놈이 꿈틀, 움직였다.

"으악! 뭐야!"

소리를 지르고 싶진 않았다. 이러려고 앞장선 것이 아니었다. 그런데 그것이 발에 닿은 것 같았다. 창이는 외출복으로 반바지를 선택한 몇 시간 전의 자신을 저주했다. 살에 닿지 않게 하려고 방방 뛰다가 뒤에 있던 다른 놈을, 이번엔 진짜로 밟고야 말았다.

"터졌어? 터진 거야? 터졌지?"

한 발로 뛰면서 소리치다가 나무에 올라가려고 나뭇가지를 붙들고 몸부림을 쳤다. 그러다 몸의 균형을 잃고 엉덩방아를 찧었는데 결국 그것들이 손에 닿고 말았다. 차갑고 미끈거렸다. 겨우 일어나 나무를 붙들고 섰는데 왈칵 눈물이 나올 것 같았다.

"괜찮아? 됐어, 됐어. 갔어."

구자연 자식이 손으로는 어깨를 토닥이며 발로 그것들을 밀어내고 있었다. 가증스러운 녀석.

"다시 돌아갈까?"

최대한 울먹거리지 않으려 노력하며 말했다.

"여긴 다 거기서 거기야. 내려가면 마을이 나올 수밖에 없어. 저 나무까지만 가다가 오른쪽으로 꺾어 보자. 더워서 더 힘드네. 아, 아이스크림 한번 먹기 되게 힘들다!"

자연의 태도와 말은 조금도 어색하지 않았다. 쟤가 저런 애가 아닌데. 뭔가 잘못되어 가고 있다.

"들었어? 방금 차 지나가는 소리? 다 왔다!"

창이는 최선을 다해 뛰었다. 그것만이 열패감의 순간을 벗어나는 유일한 방법이었다. 드디어 다다른 계곡은 계곡이 맞나 싶을 정도로 돌만 가득했다. 가뭄이다 보니 물이 말라 바닥이 보인 걸까. 목이 탔다. 큰 돌 하나를 들었더니 그 밑으로 바닥이 조금 젖어 있었다. 흐르는 게 눈에 보이진 않아도 물이 군데군데 고여 있었다. 오래된 건지, 날이 더워 그런지 손을 담그니 미지근했다. 바로 그때 삐-익 하는 호루라기 소리가 귀에 울렸다.

─ 동작 그만! 스톱! 안 돼! 일어나!

누구지? 아무도 없이 소리만 들렸다. 목소리가 너무 가깝게 들려서 무서웠지만 그래서 더 신기했다. 창이는 엎드려 물을 마시려다 말고 일어나 허공에 대고 소리쳤다.

"살려주세요! 여기요!"

원래 하려던 말과는 다르게 엉뚱한 소리가 나왔다. 분명 기숙사에서 자의로 나왔는데 왜 이렇게 절박한가. 되는 일이 없다. 지이잉. 지잉. 소리가 들리는 쪽은 머리 위였다. 상공에 드론이 날아다니고 있었다. 셋은 고개를 쭉 빼고 하늘을 바라봤다.

─ 거기 셋. 동작 그만. 물에 손대지 마!

"손댔는데 저 어떡해요?"

창이는 자기도 모르게 머리 위 기계에 사정하는 목소리로 묻고는 고개를 절레절레 흔들었다. 그만. 제발 그 입 좀.

─ 안 돼! 곧 가니까 꼼짝 말고 있어.

드론은 계속 머리 위에 떠 있었다.

"도망갈까?"

경휘가 드론을 뚫어지게 쳐다보며 말했다.

"쟤가 쫓아오지 않을까?"

"뛰어가면 따라오나? 빨라 보이긴 하네."

"내가 더 빨리 뛸 수 있거든."

말해 놓고 나니 더 짜증이 났다. 그만 말하는 게 좋겠다. 오
늘이 바로 그런 날이다. 뭘 해도 안 되는 날.

"더워. 그냥 있자."

창이는 돌바닥에 아무렇게나 주저앉았다. 온 길로 다시 가
긴 싫었다. 햇빛이 바닥을 태울 듯이 수직으로 내리쬐었다.
팔과 다리가, 몸통이, 온몸이 참을 수 없게 가려웠다. 아까 먹
은 라면 때문인지, 땀 때문인지, 공기는 습한데 땅은 건조한
이놈의 산 때문일까. 연고를 발라야 하는데. 버짐이 곧 온몸
으로 번질 것 같았다.

대자연을 거스르면 고장이 나고, 그걸 고치는 건 사람이 아
니라 자연이다. 수십 곳의 병원 투어를 끝낸 아빠는 결말처
럼 말했다. 유기농을 먹지 않아서, 뛰어놀기도 전에 게임
기를 쥐여 줘서, 주택이 아니라 아파트를 고집했기 때문에 잘

못됐다고도 했다. 그럴듯한 이유지만 다 남 탓이잖아. 버짐이 올라오고 있는 다리를 보면 아빠가 뭐라고 할까. 왜 내 새끼를 품어 주지 않느냐며 물도 말라 버린 야산을 탓하겠지. 창이는 왠지 모를 억울함에 사로잡혔다. 여기 오면 낫는다며! 박박박박. 창이는 신경질적으로 다리를 긁었다. 종아리 피부가 물이 부족한 사막처럼 갈라지고 있었다.

자연

내내 가만히 있다가 외출을 감행한 건, 온전히 전학생 서경휘 때문이었다. 이런 학교가 아니라면 말도 섞지 못했을 애가 말을 붙이는데 어찌 거절할 수 있으랴. 그 애가 뿜는 생기 있고 건강한 에너지가 좋았다. 혹시라도 친해지면 저런 발랄한 기운 같은 걸 조금 얻을 수 있을까. 작은 벌레를 보고 기겁하는 것마저도 귀여웠다. 창이가 호들갑만 떨지 않았더라도 무서워하는 것들을 다 치워 주며 안심시켜 줄 수 있었는데. 이창이 녀석이 날뛰는 바람에 경휘를 내버려 뒀다. 그래도 얼결에 나온 것치고는 꽤 재밌었다. 그런데…… 낯선 어른이 나타났다. 자연은 몸과 마음이 다시 움츠러드는 것 같았다.

도망가면 더 의심을 살 수도 있다. 천연덕스럽게 행동해야 한다고 생각하며 주먹을 꽉 쥐었는데 경휘가 옆에서 "야, 구자연. 자연스럽게 좀 굴어."라며 손을 툭 쳤다.

살려 달란 외침까지 들었건만 목소리 주인공은 할 수 있는 최대한 천천히 걷겠다고 결심한 사람처럼 느리게 걸어왔다. 한숨을 푹푹 쉬는 게 멀리서도 보였다. 양손에는 지팡이를 들고 바닥을 찍으며 걸었는데 오른손으로 땅을 찍고 왼손으로 다시 뺐다. 리듬이 실린 몸짓이 마치 신중하게 찌르기 공격 중인 게임 속 캐릭터 같기도 하고 관절염을 심하게 앓는 노인처럼도 보였다.

"아우 더워. 너희, 여기에서 뭐 해?"

위아래가 붙은 우주복처럼 생긴 옷에 주머니가 많이 달린 조끼를 입은 여자는 다짜고짜 반말을 했다. 그 많은 주머니마다 돌멩이라도 들었는지 구명조끼처럼 올록볼록했다. 메고 있는 배낭은 투명해서 안이 다 들여다보이는 것이었는데, 그 안에 물이 들어 있었다. 다행인지 불행인지 경찰은 아닌 것 같았다.

"서, 선생님은…… 누군데요?"

"방송 못 들었어? 물 마시면 안 돼. 저렇게 고여 있는 건 만져도 안 되고. 아, 이장 아저씨! 또 전달 안 한 모양이네!"

"저희, 서, 서울……."

딸꾹질이 시작됐다. 대차게 받아치고 싶었지만, 그래서 여기 온 이유 따위는 묻지 못하게 만들고 싶었지만 타고난 기질대로 자연은 공손하게 대답했다. 외출한 걸 들키면 안 되는데. 자연은 지금 집행 유예, 아니 벌칙 유예 기간 중임을 상기했다. 무단 외출이 발각되면 몇 달 연장될지도 몰랐다. 그건 괜찮다. 하지만 전학이나 입원 같은 상상 못 할 변수가 너무 많았다. 창이와 눈을 맞췄다. 어떻게 좀 해 봐. 눈치 빠른 경휘가 먼저 대답했다.

"서울 사는데, 얘네 할머니네 놀러 왔어요. 저기 저쪽에 가게가 있대서 거기 아이스크림 사 먹으러 가는 길이었는데 길을 잃어버려서 헤매는 중이에요."

조끼는 가방을 내려놓다 말고 한 명 한 명 쳐다보곤 피식 비웃었다.

"거짓말하지 말고."

거짓말인 걸 어떻게 알았지? 역시 경찰인가? 빨리 다른 핑계를 대 봐!

"그런데 그거, 물이에요? 마셔도 돼요?"

이번에도 경휘가 노련하게 분위기를 돌렸다. 조끼는 더 따지지 않고 가방을 열었다. 자세히 보니 가방이 아니라 30리터 페트병 주둥이를 잘라 뚜껑을 만들고, 양쪽에 끈을 달아 가방처럼 메고 다니게 만든 것이었다. 큰 페트 가방 안에 작은 페트병이 가득 있었고 그 안에 물이 있었다.

"이래도 마실래?"

조끼가 물병 하나를 들고 햇빛에 비춰 보였다. 투명한 물 색이라 잘 보이진 않지만 자세히 보니 병 안에는 새끼손톱보다 작은 알과 그것보다는 조금 큰 애벌레가 들어 있었다.

"우웩. 이게 뭐예요?"

"근처에서 못 봤어? 노랗고 긴 거. 너희 현미경으로 기생충 본 적 있지? 요즘엔 학교에서 그런 거 안 하나? 되게 징그럽고 뚱뚱하잖아. 그거 큰 버전. 지렁이 같다고 해야 하나? 뱀이 더 비슷한가? 아, 요술 풍선! 강아지 만드는 거! 직선이 아니라 구불구불, 응? 이렇게, 이렇게 생긴 거."

조끼는 엄지와 검지를 오므려 두께를 표현했다가 팔을 쭉 뻗어 길다는 걸 강조하면서 자기 몸을 똬리를 트는 것처럼 꼬았다. 유치원생에게 율동을 가르쳐 주는 교사 같은 몸짓에 보답이라도 하듯 경휘와 창이는 저요, 저요, 외치는 원생같이 굴었다.

"그거, 아까 쟤가 밟았는데."

경휘가 창이 다리를 보며 말했다. 모두 창이의 다리를 쳐다봤다. 조끼는 창이와 슬쩍 눈을 맞추고는 "다음부터 산에 다닐 때는 아무리 더워도 긴 바지 입어라."라고 했다. 그 말을 들은 창이는 다시 울상이 되어 다리를 막 긁었다.

조끼는 자신을 금성운이라고 소개했다. 그녀가 준 명함 앞면 위쪽에는 'Save earth', 그 밑에는 조금 작은 글씨로 환경 단체 연합 연구원이라고 쓰여 있었고, 뒷면에는 빨간색 손 글씨로 '마청수 지킴이'라고 크게 쓰여 있었다. 앞면보다 뒷면을 더 오래 쳐다보자 성운은 변명하듯이 말했다.

"여기 어른들은 환경 단체라고 하면 좀 싫어하더라고. 특히 면장이 아주 알레르기 반응을 일으키더구먼. 물을 깨끗하게 지키자는 건데……."

성운은 셋을 쓱 쳐다보며 자신 없게 말끝을 흐렸다. 이 중에 마을 어른에게 가서 일러바칠 만한 인물이 있는지 살펴보는 거였다. 경휘는 생글거리며 우리도 비밀이 되게 많거든요, 했다.

자연은 성운이 왜 마을 어른들의 신뢰를 얻지 못하는지 알 것 같았다. 이곳 사람들에게 물은 함부로 다뤄선 안 되는 성역 같은 것이었다. 한때 명성을 떨치던 마청수의 고장 아니던가. 이곳에 학교가 들어선 것도 깨끗한 환경 때문이었다. 도시에서 상처받고 떠밀려 온 아이들은 치료가 필요하다고 했다. 아니 시간이라고 했던가. 어쩌면 사랑이 필요했을지도 모르지만. 아이들은 스스로를 불량품 취급했고 학교를 수선 공장이라고 불렀다. 산에 있는 모든 것들은 수선 공장의 중요한 재료였다. 하지만 산은 이용당할 만큼 당했는지 더는 허락하지 않겠다는 듯 매몰차게 굴었다. 마을 어른들은 바뀌어 버린 상황에 대해 누구에게 따져 물어야 할지 난감해했다. 조용한 마을에 활기가 돈다는 것만으로 유야무야 허락한 것의 대가를 가혹하게 치르면서 공장을, 외지인을, 자신들을 원망했다. 친환경 프리미엄 생수를 만들겠다며 물을 고갈시키고 땅을 오염시키더니 이제 그 땅에 쓰레기 매립을 하겠다고 하는데 책임지는 사람은 없었다. 이 와중에 마청수 지킴이를 자청하며 드론이나 꼬챙이를 들고 왔다 갔다 하는 성운이 눈엣가시였겠지. 갑자기 나타나서는 물이 어쩌고, 환경이 어쩌고 하는 게 공장 사람들이 처음에 했던 말이랑 뭐가 다르냔 말이다. 다 마을을 이용해 먹으려는 수작으로 여겨지는 게 당연했다. 성운은 머뭇거리며 엊그제도 이장하고 한바탕 싸워서 당분간 마을 출입을 삼가 달라는 권유를 받았다는 걸 고백했다.

"그래서 드론을 갖고 다니는구나⋯⋯."

경휘가 이제야 이해된다는 듯 말했다. 그래도 자연은 불안했다. 딸꾹질도 멈추질 않았다. 성운을 조심해야 할 것 같다고 애들에게 눈치를 줬지만 경휘와 창이는 어느새 조끼에 주머니가 몇 개인지 세어 가며 죄다 열어 보면서 성운 옆에 바싹 붙어 있었다.

"언니, 그럼 그 투명한 애벌레 같은 게 크면서 노란 지렁이가 되고 뱀이 돼요?"

"누나가 연구해요? 그래서 벌레를 모으는 거예요?"

둘은 재밌는 옛날얘기라도 듣는 것처럼 눈을 크게 뜨고 귀도 쫑긋 세우고 있었다.

"글쎄. 기생충의 한 종류로 보고 있어. 물이 숙주이자 먹이인. 여기 애들이면 많이 봤을 텐데. 서울 애들이 맞긴 맞나 봐?"

"저희, 저쪽에 마청산 기숙 학교에 살아요."

"학교? 이렇게 외진 곳에 학교가 있어?"

그러게요. 창이와 경휘는 나불거리던 입을 멈추고 대답하지 않았다. 학교지만 유배지라고 말할 순 없으니까. 새 건물을 올린다고 공사만 3개월째 하고 있어서 마을 회관에서 산다고 하면 누가 믿을까. 엉망진창 학교에 강제 전학 온 구제 불능 하자들이라고 하면 뭐라고 생각할까.

"사실 저희 지금 외출 금지인데……."

자연은 급하게 경휘의 팔을 잡았다. 입을 다물라는 신호였다. 정보를 많이 흘리는 건 좋지 않은데. 경휘는 너무 충동적이었다. 그래서 이런 데로 쫓겨 온 거면서 아직도 버릇을 못 고쳤다. 자연은 경휘의 팔을 잡은 채로 눈을 감고 숨을 크게 들이쉬고는 흡 소리를 내며 호흡을 멈췄다. 외출 금지도 무시하고 나왔는데 다 망쳐 버리고 싶진 않았다.

성운

후드득. 근처에 있던 새들이 한꺼번에 날갯짓하더니 빗방울이 하나둘 내리기 시작했다.

"차에 우산 있어. 일단 가자."

비는 조금씩 내리는가 싶더니 금세 줄기가 굵은 장대비로 바뀌었다. 성운은 서둘렀지만 아이들은 비를 맞고 싶은지 굼뜨게 굴었다. 오랜만에 내리는 비였다. 가뭄도 더위도 한꺼번에 해소해 줄 반가운 손님이었다. 애들은 몸이 젖는 것을 즐기며 비를 맞으면서 천천히 걸었다. 성운은 마음이 급했다. 혹시라도, 만에 하나라도 기어 나오기 시작하면 걷잡을 수 없을지도 모르는데……. 아직은 추측일 뿐이다. 물에 반응하는 것이 아니길 바라야지. 하지만 생각을 다 마치기도 전에 땅이 움직였다. 지진인가? 아니다. 흙 속에서 그것들이 기어 나왔다. 땅 위에 있던, 죽은 줄 알았던 것들도 꿈틀 움직이기 시작했다. 수백, 수천, 아니 수만 마리는 돼 보였다. 그것들이 한꺼번에 꿈틀대니 땅 전체가 흔들리는 것처럼 느껴졌다. 순식간에 땅이 노란색으로 변했다.

"뛰어!"

성운은 소리치며 달렸다. 밟을 데가 없어 제대로 뛸 수가 없었다. 뱀처럼 생긴 그것들이 다리로 기어 올라오는 것 같았다. 성운은 빠르게 아이들을 스캔했다.

"슬리퍼 신은 애 없지? 넘어지면 죽는다!"

"죽어요? 저거 물어요? 물리면 죽어요?"

얼굴이 하얗게 질린 녀석이 제대로 뛰지도 못하고 한 발씩 제자리 뛰기를 했다. 성운은 녀석의 손을 잡아끌었다.

"몰라! 일단 뛰어!"

운이 나빴다. 비 오기 전에 이곳을 떠야 했는데. 덩치만 크고 말귀는 못 알아먹는 느려 터진 혹이 셋이나 붙었다. 두고 갈 수도 없고, 젠장.

"까악!"

차로 먼저 뛰어가던 성운은 차 문을 여는 순간 애들 앞에서

침착해야 한다는 생각과 다르게 날카로운 비명을 질렀다. 옆으로 넘어진 페트병에서 그것들이 밖으로 흘러나와 있었다. 분명 지렁이 크기였는데 뱀, 아니 구렁이 크기까지 커진 것들도 있었다.

역시 살충제인가.

지하수에서 변이를 발견했을 때만 해도 원인은 매립으로 인한 오염토 때문이었고, 빠르고 정확하게 그것들을 제거하면 일단락이 될 줄 알았다. 그래서 이장이 마구잡이로 살충제를 뿌려대도 반대하지 않았는데……. 성운은 급한 상황 속에서도 후회가 밀려왔다. 이 상황이 언젠가 겪었던 일이 반복되는 데자뷔 같았다. 이번에는 막아 내고 싶었다.

차를 포기하고 다시 반대편으로 뛰어야 했다. 뒤를 돌아보는 순간, 땅이 또 움직였다. 흙바닥이 온통 그것투성이였다.

"막가게!"

한 아이가 소리쳤다. 판단력이 빠른 애가 한 명이라도 있어 다행이었다. 성운은 아이들을 데리고 돌 계곡을 건너 막가게로 뛰었다. 돌바닥에서는 그것들이 보이지 않아 속도를 냈지만 흙바닥에서는 피해 다니느라 점프를 하면서 걸어야 했다. 성운은 반바지 녀석 옆에 붙어서 꼬챙이로 그것들을 찔러 터트렸다. 잘 터지지 않는 것들이 꼬챙이에 끼어 켜켜이 쌓여 갔다. 녀석은 계속 구역질을 하면서 따라왔다. 녀석이 짜증 나면서도 넘어질까 봐 신경이 쓰였다.

도착해 보니 막가게는 시골에서 흔히 볼 수 있는 창고를 개조해서 만든 구멍가게였다.

"할머니! 샘! 아무도 없어요?"

여기 주인이 할머니라고? 성운은 본 적 없는 가게 주인과 동질감 비슷한 걸 느꼈다. 주인이 누구인지 몰라도 자기만큼이나 마을 사람들에게 미움을 받고 있는 것 같아서였다. 가게 문 옆 벽에는 바탕이 보이지 않을 정도로 낙서가 빼곡했는데 대부분 '물 내놔라, 도둑놈!', '마청의 매국노! 공장과 한패!' 같은 험한 말들뿐이었다. 대기업 로고가 크게 그려진 '프리미엄 생수 마청수' 홍보 포스터 위로는 붉은 엑스 표시가 선명했다.

아이들이 필사적으로 문을 두드렸지만 안은 조용했다. 대답이 없자 성운이 돌을 들어 창문을 깨고 들어갔다. 여러 번 해 봤기에 망설임 없이 할 수 있었다. 가게 안에는 마청 생수, 마청 막걸리가 가득 쌓여 있었고 생수 옆쪽으로는 살충제 박스가 쌓여 있었다. 그리고 그 옆에…… 그 남자가 있었다.

"샘!"

아이들은 그를 급식 샘이라고 불렀다. 급식…… 선생? 공장에서 실종 신고까지 하며 찾다가 포기했는데 학교에 있었다고? 그는 목이 늘어난 티셔츠와 반바지를 입고 장화를 신은 채 농약 살포기에 살충제를 담고 있었다.

"샘, 밖에 이상한 거 있어요! 봤어요? 어떡해요?"

"그거 아니라고 분명 말했는데. 나도 몰랐다고. 이장도 찬성했었고."

남자의 말은 대답이라기보다 혼잣말에 가까웠다.

"샘, 막걸리 마셨어요?"

그가 반바지 녀석을 이글거리는 눈으로 바라봤다.

"알아, 안다고. 막걸리에도 있잖아. 우리 엄마도 마셨다고, 매일."

아이들은 슬슬 뒷걸음질을 쳤고 성운은 아이들 앞에 섰다. 둘 다 본능적인 것이었다.

"우리, 아는 사이죠? 생수 공장 문 열 때랑…… 봤잖아요."

공장 문을 닫을 때도 만난 적 있다는 말은 생략했다. 안 좋은 기억을 들춰 봤자 분위기만 더 험악해질 뿐이니까. 공장과 남자는 서로가 배신당했다고 믿고 있었고 누가 누구를 배신했는지는 명확하게 드러나지 않았다. 마청 출신이라는 이유로 양쪽의 신뢰를 얻었다가 한꺼번에 잃은 그는 이제 마을 입구에 찢긴 채로 버려진 현수막이나 다름없는 처지였다.

그는 성운을 알아보고 제정신을 차렸는지 퉁명스럽지만 아까보단 부드럽게 말했다.

"빚 갚는 거니 상관 마시오. 너희 잘 왔다. 벌레들이 땅속에 숨어 있다가 다 기어 나오고 있어. 피부가 죄다 주둥이인지 약을 뿌리면 빨아들이느라 움직임이 멈추고, 곧이어 죽는다. 그냥 막 뿌려."

"그거 뿌리면 안 된다니까!"

성운이 반사적으로 소리쳤다. 그가 성운을 쳐다봤다. 성운도 지지 않았다. 둘 다 서로를 죽일 듯이 노려봤다.

"모르면 가만 좀 있어요! 이 약으로 다 없어질 겁니다. 저것들이 지하수를 다 빨아 먹게 둘 수 없어!"

"물 고갈은 생수 공장 때문인 거, 알잖아요. 유충은 패트병 공장의 쓰레기랑 폐수 때문이고! 살충제는 변이를 일으켜요. 그거 때문에 변이 속도가 빨라졌다고요. 살충제 안에 둔 유충이 구렁이처럼 커졌다고! 내 차 안에서!"

"그걸 누가 몰라? 폐수 때문이니까 정수하려는 거잖아! 저리 비켜!"

남자는 말을 듣지 않았다. 밖으로 나가 바닥에 널린 물 먹는 기생충을 향해 약을 살포하면서 산속으로 들어갔다. 아이들은 이성을 잃은 급식 샘을 쫓아가야 할지 오늘 처음 본 성운을 따라야 할지 우왕좌왕했다. 반바지 녀석이 결국 울음을 터트렸다.

자연

막가게도 차 안과 상황이 비슷했다. 살충제를 쌓아 놓은 상자에 지렁이 크기만 한 것들이 셀 수 없이 많았다. 여태까지 본 것 중 제일 많아 보였다.

"가라!"

성운이 장비를 점검하며 비장하게 말했다. 장비라고 해 봐야 꼬챙이가 다였는데도 성운은 진지하게 앞뒤로 체크했다. 가라고? 하지만 어디로? 밖에는 바닥 가득 그것들이 꿈틀대는데?

"어디로든 빨리 가! 여긴 내가 어떻게든 처리해 볼 테니까."

"가긴 어디로 가요. 여기 오래서 왔는데, 여기 오면 다 좋아진댔는데, 어디로 가느냐고요!"

창이가 신경질적으로 소리쳤다. 성운은 창이의 외침을 못 들었는지, 못 들은 척하는 건지 양손으로 꼬챙이를 잡고 전투 준비를 했다. 그러면서도 바닥에서 기어 다니는 그것들을 찌르고 뺐다. 성운의 꼬챙이가 지나간 자리에는 터진 풍선 껍질 같은 축 늘어진 가죽이 젖은 채 쌓였다. 움직임이 느린 큰 놈들은 그렇게 해결이 됐는데 꿈틀대는 작은 것들은 잘 찔러지지가 않았다. 조준이 힘들어 보였다. 자연은 결정을 내려야 한다고 생각했다. 막대기 끝에 달린 꼬챙이만으로는 상황을 수습할 수가 없었다.

"불……."

그래, 그 방법밖에 없다.

"불을 지르자. 불로, 태워 버려야 해. 큰 것들은 터트려 죽이면 되고, 작은 것들은…… 불……."

자연은 생각하면서 동시에 말했다. 생각을 정리할 틈이 없었다. 움직임이 느려서 다행이긴 하지만 저것들의 숫자는 계속 늘어나고 있었다. 제거하는 게 맞다. 급식 샘과 성운 모두 없애야 한다는 것에 동의했다. 하지만 성운은 살충제는 안 된다고 했다. 그렇다면……. 어쩔 줄 몰라 하며 성운을 쫓아 다니던 경휘가 자연의 팔을 잡았다. 이게 장난인 줄 알아? 자신 있어? 헛소리면 죽는다. 경휘는 하고 싶은 말이 많은 모양이었다.

"그게 먹혀? 확실해?"

경휘의 물음에 자연은 고개를 끄덕였다. 해 봤다. 할머니는 항상 옛날 방법으로 문제를 해결했다. 해충 박멸에 불을 이용하는 건 클래식 하지만 확실한 방법이기도 했다. 성공하리라는 확신은 없지만 다른 방법이 없다는 것도 분명했다.

"미쳤어? 불을 내자고? 구자연, 산불로 번지면 네가 책임질래? 그냥 빨리 나가자."

창이는 경휘의 눈치도 살피지 않고 펄쩍 뛰며 말했다. 이런 일이 있기 전이라면 경휘가 가만있지 않았겠지만 지금은 얌전히 듣기만 했다. 자기가 나서서 나오자고 한 걸 후회하며 죄책감을 느끼는 건지도 몰랐다. 자연은 경휘가 그렇게 생각하지 않길 바랐다.

소나기는 할 일을 다 하고 지나갔고 창밖으로는 급식 샘이 팔 근육을 이용해서 살충제를 뿌려대고 있는 게 보였다. 멀리서도 그것들이 커지고 있다는 걸 알 수 있었다. 샘이 놈들에게 먹이를 주고 있다. 자연은 땀을 닦았다.

"산까지 안 올라가게 조절해야지. 바람 방향도 그쪽 아니고, 땅도 젖어서 큰불로 번지진 않을 거야. 내가 불 조절할게. 큰 놈들은 찌르고 작은 놈들은 태우자!"

"좋은 생각이야! 거기 너, 너는 이거 해! 빨리!"

성운은 찌르고 빼고를 반복하면서 조끼 주머니에서 막대

기를 꺼냈다. 그러곤 손목 스냅을 이용해 막대기를 길게 뺐다. 막대기는 뾰족한 꼬챙이가 달린 무기로 변했다. 경휘는 그걸 받아 들고는 성운의 반대편으로 가서 꺄악, 꺄악 소리를 지르면서도 머뭇거리지 않고 엄청난 집중력을 발휘해 그것들을 찔렀다. 사방에 물과 살충제가 튀었다.

자연은 불을 만들 준비를 했다. 종이 상자를 찢어 불쏘시개를 만들고 식용유도 챙겼다. 가게 가장 안쪽부터 살충제를 뿌려 그것들을 유인했다. 냄새를 맡고 천천히 기어 오는 것들을 발로 쓸어 모았다. 그 위에 기름을 뿌리고 불이 붙은 종이를 던졌다. 처음에는 실패했다. 꿈틀대는 그것들 사이로 떨어진 불붙은 종이가 힘없이 사그라든 것이다. 자연은 그 위에 기름을 한 번 더 뿌리고는 입으로 후후 바람을 불었다. 덜덜 떨며 지켜보던 창이가 종이 박스를 찢어 부채를 만들었다.

"도대체 왜……. 왜, 저런 게 생겼을까?"

자연은 작은 괴물들이 불 속에서 꿈틀대다가 톡, 하고 터지는 것을 끝까지 지켜봤다. 터지면서 나오는 물로 불이 힘을 잃으면 다시 살충제를 뿌리고, 살충제 냄새를 맡고 천천히 기어 오는 것들을 발로 모으고, 기름을 뿌리고, 불을 붙였다. 그것들은 끈질기게 꿈틀댔다. 물이 있으면 더, 살충제가 있으면 더 많이 모여들었다. 발밑이, 저 산이, 그것들로 가득한 거 아닐까. 아득한 기분이 들었다.

가게 안이 어느 정도 정리되자 자연은 살충제를 문밖에 내놓아 남아 있는 것들을 밖으로 유인했다. 밖은 안보다 훨씬 수월했다. 웬만큼 탔다 싶으면 창이가 삽을 들고 흙을 덮었다. 창이는 불 조절을 하기 위해 태어난 것처럼 능숙하게 처리했다. 제대로 타기도 전에 불이 꺼지면 삽으로 그것들을 터트렸다. 좀 전까지 울었다기엔 굉장히 용맹한 모습이었다.

경휘

사이렌 소리보다 햇빛이 먼저 잠을 깨웠다. 경휘는 눈을 뜨자마자 반사적으로 막대기를 휘둘렀다. 꿈을 꾼 건가. 자연 역시 간밤의 일들이 꿈만 같은지 자기 손을 가만히 내려다보고 있었다. 밤새 삽을 쥐었던 손은 군데군데 까져 있었고 팔뚝에는 벌겋게 달아오른 화상 자국도 있었다. 이제 막 눈을 뜬 창이의 맨다리에는 검은 그을음이 묻어 있었다. 덕분에 아토피 자국은 잘 보이지 않았다.

"소방차가 오나 봐."

창이가 기지개를 켜며 말했다. 잔뜩 쉰 목소리였다.

"괜찮아. 불 다 꺼졌어. 내가 확인했어."

차분하고 믿음직스러운 목소리였다. 자연의 말투 때문인지 경찰과 교장 샘이 가게로 들어오는 소리를 들어도 무섭지 않았다. 가게 안은 엉망이었다. 물건들은 한쪽에 몰려 있었고 바닥에는 터진 껍질과 타다 만 몸체들이 나뒹굴었다. 생수병은 성한 것이 하나도 없었고 살충제 냄새와 탄 냄새가 섞여 지독한 냄새가 났다. 아이들은 밤새 막걸리라도 마신 것처럼 몰골이 말이 아니었다. 교장 샘은 아이들을 하나하나 관찰하며 물었다.

"다친 데는 없지?"

무사한 것을 확인한 교장 샘은 목소리 톤을 바꿨다.

"주동자 누구야? 무단 외출도 모자라서, 외박에다가, 불장난까지 해?"

누구도 대답하지 않았다. 어쩌다가 이런 일이 벌어진 거냐고 물었으면 대답을 했을지도 모르겠지만 주동자를 묻는 말에는 뭐라고 해야 하나.

"일단 경찰서로 가셔야 합니다."

경찰은 교장 샘을 붙들고 신원 파악, 보호자 연락, 미성년자 보호, 과실과 배상, 범칙금이나 처벌에 관해 떠들었다. 그런 말을 들은 교장 샘은 안절부절못했다.

"한 번만 더 사고 치면 어쩐다고 했지? 이번엔 나도 막아 줄 수가 없어. 어쩔 거야."

복화술로 말하느라 입보다 눈이 더 바빴다. 그 표정이 웃겨서 좀 웃었더니 "웃겨? 죽고 싶어?"라는 귓속말이 들려왔다.

경찰은 급식 샘의 이름이나 신상 등을 물었다. 교장 샘은 여기서 왜 그 이름이 나오는지 이해가 되지 않는다는 듯한 표정이었지만 두 손을 모으고 성실하게 대답했다.

그것들을 웬만큼 찌르고 나서 가게가 안전하다고 판단되자 성운은 드론을 보내 급식 샘을 찾았다. 둘은 산이 다 울릴 정도로 큰 소리로 다퉜는데 누가 이겼는지는 끝내 목격하지 못했다. 보지 않아도 뻔한 결과였다. 성운의 차 안에서 물과 살충제와 기생충이 한데 섞여 몸집을 키운 것을 목격한 급식 샘의 어깨가 흔들리는 것을 본 것 같기도 했다. 성운은 차 앞에서 꼼짝 않는 급식 샘을 구겨 넣듯이 차 안에 넣고는 액셀을 밟았다. 아마 급식 샘은 다시 돌아오지 않을 것이다. 그냥 그런 느낌이 들었다. 학교 때문이 아니라 땅속에서 일어나는 일 때문에 마청에 머무르는 걸 모르지 않았으니까. 경휘로서는 새로 오는 샘의 반찬이 맛있기만을 바랄 뿐이었다.

교장 샘은 한 명씩 취조하기로 결심했는지 창이를 가게 뒤편으로 끌고 갔다. 연신 다리를 긁던 창이는 졸졸 따라가면서도 "목마른데, 마침 생수 말고 딴 건 없어요? 거기 물에 뭐 떠다녀요. 선생님도 드셨을걸요. 잘 안 보이거든요. 그런데 샘, 팸플릿에 있는 유럽식 건물은 언제 지어요?"라며 연신 말을 걸었다. 교장 샘은 창이에게 원하는 대답을 들을 수 없을 것이다. 어쩌면 반대로 창이가 교장 샘에게 답을 받아 낼지도 몰랐다. 한 명씩 들어가서 땅속에 왜 그런 게 있느냐고 물으면 교장 샘은 뭐라고 대답할까.

이번에는 구자연이 끌려갔다. 벌벌 떨면서 딸꾹질만 하다 오는 건 아니겠지. 걱정과 달리 자연의 표정엔 전에 없던 것이 보였다. 어제하고는 확실히 뭔가 달라져 있었다. 괜히 나오자고 해서 고생만 시킨 것 같아 미안했는데 자연의 표정을 보자 안심이 됐다. 이제 얌전하게 학교에만 있어야지. 절대 사고 치지 말아야지. 하지만 혹시라도 자연이 먼저 나가자고 하면……. 경휘는 삐져나오는 웃음을 참느라고 입술을 깨물었다. 외출 금지가 아니라 감금을 당한대도 따라 나가야지! 속으로 말한 줄 알았는데 구자연이 "뭐라고?"라며 되물었다. 가슴이 쿵쿵 빠르게 뛰었다.

작가의 말

이건 일종의 프리퀄입니다. 이야기의 시작은 '그날 이후'가 먼저였습니다. 언젠가는 맞게 될 그날 이후의 장면은 이미 알고 있는 것인 양 바로 떠올랐는데, 맨 어둡고 암울하고 모두 다 망해 버린 것뿐이었습니다. 그런 미래라니. 싫었습니다. 그런 날은 아직 오지 않았으니까 지금 우리가 사는 현재를 이야기하는 게 좋을 것 같았습니다.

그런데 아직 그날이 오지 않은 게 맞을까요? 이미 시작되었으면 어떻게 해야 하는지, 우려에 대한 답은 아이들이 갖고 있는 것 같습니다. 가만히 있을 때가 아니라고 말하는 아이들 덕분에 세상이 조금씩 나아지고 있다고 믿습니다. 미안하고 고맙습니다.

07

하지의 소녀

최상희

《그냥, 컬링》으로 비룡소 블루픽션상을,《멜 문도》로 사계절 문학상을, 단편 〈그래도 될까〉로 제3회 SF어워드 중단편 부문 우수상을 수상했다. 지은 책으로는 청소년 소설《닷다의 목격》,《마령의 세계》,《B의 세상》,《하니와 코코》,《칸트의 집》,《명탐정의 아들》등과 여행책《숲과 잠》,《북유럽 반할지도》,《빙하맛의 사과》,《여름, 교토》등이 있다.

"아, 왔구나."

아이가 말했다. 마치 올 줄 알고 있었다는 듯이. 소녀는 어리둥절했다.

여자애 목소리였다. 아이는 고글과 마스크로 얼굴을 가리고 우의로 온몸을 감싸고 있었다.

어두운 하늘에서 부서지듯 비가 내렸다. 차가운 빗방울이 소녀의 얼굴을 타고 흐르자 한기가 몸속으로 파고들었다. 사방은 축축하고 춥고 어두웠다.

"생각했던 그대로다. 똑같지는 않지만 거의 비슷해."

아이가 소녀를 빤히 올려다보며 말했다. 아이의 고글은 소녀의 눈보다 한 뼘쯤 아래 있었다.

"진짜 올 줄 몰랐는데. 물론 엄청 보고 싶었지만 기대하진 않았어. 아니, 기대는 했지. 하지만 안 나타나도 실망하지 말자고 다짐했어. 난 뭔가 기대할 때 늘 바닥을 생각해. 그래야 기대가 어긋났을 때 실망이 적거든. 그러니까, 내 말은 진짜 진짜 반갑다는 말이야."

소낙비처럼 쏟아지는 아이의 말에 소녀는 더욱 어리둥절해졌다. 내가 아는 애인가. 소녀는 아이의 눈을 들여다봤다. 비에 젖은 고글 너머는 흐릿했다.

"참, 이거 입어. 다 젖겠다."

아이는 메고 있던 배낭에서 우의를 꺼내 서둘러 소녀의 몸에 걸쳐 줬다. 우의는 소매가 조금 짧았지만 그런대로 소녀에게 잘 맞았다. 아이는 마스크도 내밀었다. 소녀는 고글과 하나로 연결된 마스크를 잠시 살펴보고 아이에게 돌려줬다.

"써야 해. 숨 쉬는 게 힘들어질 거야. 나쁜 게 잔뜩 있어."

아이가 손가락으로 허공을 가리키며 말했다. 소녀는 가만히 숨을 들이쉬어 봤다. 축축하고 이물감이 느껴지는 공기가 콧속에 찐득하게 달라붙었다.

"힘들어지면 쓸게."

아이가 소녀를 잠시 바라보더니 말했다.

"그래, 넌 필요 없을지도 몰라."

"너는……."

"아, 나는 무나야."

"나는……."

소녀는 아무것도 떠오르지 않았다. 자신의 이름조차도.

"여긴 어디지?"

소녀가 물었다.

"버려진 땅이야. 이름 같은 건 없고. 옛날에는 이름이 있었
겠지만 이젠 아무도 안 써."

"너와 나는…… 아는 사이야? 미안. 미안하지만 기억이 잘
안 나."

"그래, 그럴 거라고 했어. 너무 오래된 일이니까."

"나를 알아?"

"응. 우리 할머니가 늘 네 얘기를 해 줬거든. 집에서 기다
리고 계셔. 함께 오고 싶어 하셨지만 몸이 좀 불편하셔."

"나를 기다렸어?"

"그래, 진짜 오랫동안 기다렸어."

무나를 따라 소녀는 걷기 시작했다. 달리 할 수 있는 게 없
었다. 무나라는 이 아이가 누군지 소녀는 전혀 기억나지 않
았다. 무나의 할머니에 대해서도 마찬가지였다. 자신이 누구
인지조차 몰랐다. 소녀는 아이가 뭐라도 더 말해 주길 바랐

지만 무나는 말없이 걷는 데에만 집중했다. 걸음을 옮길 때마다 발이 진창 속으로 푹푹 빠졌다. 비는 그치지 않았고 사방에 유령 같은 안개가 자욱해 무덤 속처럼 어두웠다. 아무것도 없었다. 비와 무나, 그리고 소녀뿐이었다. 무나는 마치 야행성 동물처럼 민첩하게 움직였다.

"여긴 참 어둡다."

소녀의 말에 아, 하며 무나가 배낭에서 손전등을 꺼냈다.

"깜빡했다. 할머니가 혹시 모르니 챙기라고 했는데."

무나의 손전등이 어둠을 갈랐다. 희미하게 앞이 밝혀지고 주변의 어둠은 더욱 짙어졌다.

"이곳은 밝힐 필요가 없지. 버려진 땅이니까. 그런데 우리 마을에도 가로등 안 켜진 지 오래야. 전력이 충분치 않거든. 전력이 모자란 건 아니야. 하지만 쓸 데가 많지."

"어디에 쓰는데?"

"여기저기. 살기 위해 쓰지."

"지금 몇 시나 됐어?"

"아마 7시 다 됐을 거야. 아까 널 만날 때가 6시쯤이었거든."

"밤이 일찍 오네."

"아침인데."

"아침? 아침이라면…….."

그 순간 소녀의 머릿속에서 뭔가 탁 켜졌다. 아니다. 이내 사그라져 버렸다. 기억나지 않는 간밤의 꿈처럼 잡힐 듯하다가 연기처럼 흩어졌다.

한참 동안 비탈길을 올랐다. 소녀는 몇 번이나 미끄러질 뻔했고 그때마다 무나가 잡아 주었다. 무나의 손은 작고 야위었지만, 힘은 약하지 않았다. 무나가 멈춰서 손전등으로 주위를 빙 둘러 비추더니 멀리 앞을 밝혔다. 소녀와 무나는 언덕 꼭대기에 있었다. 저만치 아래 말라 죽은 듯 앙상한 나무가 한 그루 보였다. 그 너머로 황량한 벌판에 어둠이 무겁게 앉아 있었다. 어딘지 낯익은 풍경이었다.

"여기 와 본 것 같아. 하지만 좀 다르게 보여. 겨울이라 그런가 봐."

"겨울?"

무나는 놀란 듯 말했다.

"눈이란 게 내려 지붕 위에도 길 위에도 온통 하얗게 쌓여서 아이들이 눈으로 싸움도 하고 사람 모양도 만들고 호수가 얼어붙어 그 위에서 그, 뭐지? 날이 달린 신발, 아, 스케이트를 타는 겨울 말이야?"

무나가 소낙비처럼 물었다.

"겨울을 진짜 봤어?"

소녀가 영문 모른 채 고개를 끄덕였다.

"진짜였구나. 그럼 빨간 옷을 입은 할아버지가 코가 빨갛게 빛나는 사슴이 끄는 썰매를 타고 아이들이 자는 동안 몰래 선물을 가져다준다는 것도 진짜야?"

"그건…… 잘 모르겠어."

"할머니는 진짜라고 했는데. 모든 이야기가 진짜랬어. 눈도, 산타클로스도, 겨울도. 하지만 아무에게도 얘기해선 안 된다고 했어. 그 정도는 나도 알아. 어차피 미친 소리를 귀담아들을 사람은 없지만. 아, 우리 할머니가 미쳤다는 건 아니야. 조금 남다른 분이시지. 이해하지?"

소녀는 무엇을 이해해야 하는지 몰랐지만 일단 고개를 끄덕인 뒤 물었다.

"겨울을 한 번도 난 적 없어?"

"그게 어떤 건지 잘 모르겠지만 눈도 산타클로스도 본 적 없어. 전에는 사계절이라는 게 있었다지. 하지만 이젠 없어. 오직 비뿐이지. 사라지고 없는 단어로 말하면 지금은 여름이야. 할머니가 그렇다고 했어."

여름이라는 단어에 소녀의 머릿속 한구석이 희미하게 밝아지는 것 같았다.

소녀는 저 아래 어둡고 황량한 벌판을 내려다보았다. 그럴
리 없다. 소녀가 아는 여름의 저곳은 하늘을 향해 나무들이
울창한 가지를 뻗고, 사계절 색을 잃지 않는 침엽수가 빽빽한
숲 아래로 앵두와 블루베리가 보석처럼 익어 가고, 윤기 흐르
는 검은 흙 위로 고사리와 이끼가 양탄자처럼 부드럽게 펼쳐
지고, 바람이 불 때마다 물고기 비늘처럼 풀이 눕는 초록 들
판에 하얀 데이지와 마거리트가 폭죽처럼 꽃을 피우고, 벌이
분주히 꿀을 모으고, 복숭아와 살구가 달콤한 냄새를 풍기며,
아이들과 개가 뛰어놀고, 새가 청량한 소리로 노래하는 곳이
었다. 분명 그랬다.

"어떻게 된 거야? 꽃과 숲은 어디에 있어? 새는 왜 노래하
지 않아?"

"기억난 거야?"

무나가 기쁜 듯이 외쳤다. 무엇을 기억해야 한단 말이지?

"내가 잊은 게 뭐지?"

소녀가 물었다.

무나는 할머니 기침 소리에 잠을 깼다. 한밤중이었다. 무
나는 일어나 할머니 방으로 갔다.

"또 꿈을 꿨어."

할머니가 가쁜 숨을 내쉬며 말했다. 무나는 베개를 돋워 할머니가 숨 쉬기 편하게 해 줬다.

"뜨거운 물을 좀 갖다 드릴게요."

무나는 어둠 속에서 전기 주전자 스위치를 눌렀다. 할머니는 요즘 며칠째 같은 꿈을 꿨다. 어릴 때 매일 함께 놀던 친구가 어느 날 작별 인사도 없이 떠나 버린 꿈이다. 너무 슬퍼서 엉엉 울었다고 꿈 얘기를 하는 할머니 눈가에 눈물이 맺혀 있었다. 아주 오래전부터 늘 할머니가 꿈에서 보는 소녀는 이제는 무나도 잘 아는 이처럼 느껴진다.

주전자 주둥이로 하얀 김이 솟아올랐다. 바닥에 물기가 흥건했다. 무나는 걸레로 물기를 닦은 뒤 망설이다 제습기 가동 버튼을 눌렀다. 아빠는 또 전기 요금 고지서를 보고 화를 낼 것이다. 하지만 최대한 아끼고 있다. 전깃불 대신 촛불을 밝히고 제습기와 공기 정화기는 도저히 못 견디겠다 싶을 때 튼다. 전기난로는 할머니 방에만 자기 전에 잠깐 켜고 무나는 차가운 방에서 한껏 몸을 움츠리고 잔다. 더 이상 어떻게 아낀단 말인가. 집 안은 춥고 눅눅해서 사방에 곰팡이투성이다. 그나마 다행인 건 어두워서 곰팡이가 잘 보이지 않는 거다. 어둠과 곰팡이는 형제처럼 닮아 있다. 절대 사라지지 않는다.

무나는 물잔을 들고 할머니 방으로 돌아갔다. 할머니는 침대 머리에 기대앉아 물을 천천히 마셨다. 무나는 할머니의 헝클어진 머리카락을 귀 뒤로 넘겨 주었다. 하얗고 푸석한 머리카락. 할머니는 백 살이 넘은 뒤로 더는 나이를 헤아리지 않았다. 아빠는 입버릇처럼 말했다. 우리 할머니가 나보다 더 오래 살 거야. 그때마다 할머니는 말했다. 염려 마라, 무나는 내가 잘 키울 테니. 할머니는 아빠의 할머니, 그러니까 무나에게는 증조할머니였다. 할머니가 아는 사람들은 다 죽었다. 그중에는 무나의 엄마도 있었다. 할머니는 20년 가까이 외출하지 않았고 그사이에 새로 사귄 사람은 무나 하나뿐이었다.

무나는 종일 할머니와 함께 집에서 지냈다. 무나는 1년 전부터 학교에 가지 않았다. 무나의 반은 모두 다섯 명이었는데 한 달 사이 두 명이 줄어 세 명이 됐다. 수업 시간 내내 기침을 하던 아이는 죽었고 다른 하나는 이사했다. 무나가 사는 5구역에서 죽음은 빈번했고 이사는 매우 드문 일이었다. 이사는 1구역으로의 이주를 의미했다. 이사 간 아이의 아빠도 무나의 아빠처럼 1구역에서 일하던 사람이었다. 무나의 아빠처럼 변변한 보호 장구도 없이 공중에 매달려 열심히 일했다. 그러다 작업 중에 떨어져 즉사했다. 회사에서 나온 보상금으로 남은 가족들은 1구역으로 이사할 수 있었다. 그나마 다행이라고 사람들은 말했다. 일하다 다치고 죽어도 보상금 한 푼 못 받는 경우가 허다했다. 다행이란 말 대신 사람들은 다른 단어를 떠올렸을지도 모른다. 행운 혹은 축복. 1구역으로 간다는 건 그런 의미였다.

1구역에 사는 건 아빠의 평생 소원이다. 하지만 그 소원이 이루어지지 않으리라는 걸 아빠도 무나도 잘 안다. 아빠가 1구역에 집을 마련하는 건, 할머니에게 들었던 표현으로 말하자면 낙타가 바늘구멍에 들어가는 것보다 더 힘든 일이다. 낙타는 등에 혹이 있어 사막에서 물 없이도 견딜 수 있는 동물이라고 할머니가 그랬다. 등에 혹이 달린 동물을 무나는 상상하기 어려웠다. 무나가 본 동물이라곤 인간과 바퀴벌레뿐이었다. 바퀴벌레를 동물이라고 할 수 있다면 말이다. 온통 모래로 뒤덮여 1년 내내 비 한 방울 내리지 않는다는 사막은 아예 상상할 수 없었다. 비가 내리지 않는 곳이 있다는 게 가능한가. 그곳은 무나의 상상력이 도달하지 않는 곳이었다.

인원 부족으로 학교가 문을 닫고 무나는 4구역에 있는 학교로 전학하라는 지시를 받았다. 4구역 학교까지는 걸어서 두 시간 거리였다. 왕복 네 시간 걸려 사흘 등교한 뒤 무나는 앓아누웠고, 다시는 학교에 가지 않았다. 학교에서 등교하라는 연락이 두어 번 오고는 끝이었다. 아빠는 별말 하지 않았다. 예전에 아빠는 어서 1구역으로 이사해 무나를 좋은 학교에 보내 주겠다고 입버릇처럼 말하곤 했다. 아주 오래전이었다. 엄마가 살아 있을 때. 무나의 부모는 매일 새벽 1구역으로 가는 버스를 타고 출근했고, 어린 무나는 잘 다녀오라고 손을 흔들었다. 밤이면 부모는 집으로 돌아와 촛불을 켠 식탁에서 할머니가 차려 놓은 저녁을 함께 먹었다. 무나는 엄마에게 하고 싶은 말이 많았지만 엄마는 무나의 말을 들으며 꾸벅꾸벅 졸았다. 엄마는 오랫동안 기침을 하다 피를 토하고 죽었다. 무나의 마을 사람들은 그런 식으로 죽었다.

엄마가 죽은 뒤 아빠는 집에 잘 오지 않았다. 작업장 근처 임시 숙소에 묵으며 한 달에 한 번 올까 말까 했다. 할머니, 건강하셔, 오래 사셔야지. 아빠는 집에 오면 할머니 귀에 대고 고래고래 소리 질렀다. 그때마다 할머니는 말했다. 나 귀 안 먹었다. 아빠는 무나에게 생활비를 주며 인상을 썼다. 아껴 써라. 아빠는 오직 그 말을 하기 위해 집에 들르는 것 같았다. 무나는 학교를 그만둬서 다행이라고 생각했다. 수업료라도 아낄 수 있게 된 것이다.

일주일에 한 번 식료품점에 가는 게 무나의 유일한 외출이었다. 딱히 갈 데도 없었다. 무나에겐 친구도 없었다. 아예 없었던 건 아니다. 처음 사귄 친구는 이웃집 아이였다. 그 애 엄마와 무나의 엄마도 친하게 지냈다. 무나보다 한 살 많았던 친구는 3년 동안 함께 진흙 공을 만들며 놀았는데 목에서 쇳소리를 내다 죽었다. 학교에 입학해서 무나는 옆자리 아이와 친해졌지만 그 아이는 친구가 된 지 반년 만에 죽었다. 그 뒤로 무나는 친구를 사귀지 않았다. 친하지 않은 애가 죽는 게 친구가 죽는 것보다는 나았다. 빈번한 죽음에 익숙했지만 그렇다고 죽음에 무뎌지지는 않았다. 무나에게 소원이 있다면 딱 하나였다. 할머니가 제발 오래 버텨 주는 것. 할머니는 요즘 부쩍 쇠약해졌다.

할머니는 정말 오래 살았다. 할머니만큼 나이 많은 사람을 무나는 본 적 없었다. 할머니는 정말 옛날 사람이고 그래서 아주 오래전 이야기만 했다. 무나는 그 이야기들이 좋았다. 할머니는 재미있게 이야기할 줄 알았고 이야깃거리는 평생 떨어지지 않았다. 무나는 만약 자신에게 손녀가 생긴다면 들려줄 이야기라곤 비와 추위와 곰팡이뿐일 거라고 생각했다.

할머니는 음식 만드는 얘기를 자주 했다. 무나가 좋아했기 때문이다. 할머니가 제일 많이 만든 건 살구 파이였다. 살구 파이 만드는 법이라면 이제 무나도 외울 정도였다. 밀가루에 버터와 우유를 넣어 잘 섞어 반죽한 뒤 밀대로 반죽을 얇

게 밀어 파이 틀에 잘 펴고, 살구를 초승달 모양으로 썰어 버
터, 설탕, 아주 약간의 소금과 계핏가루를 넣고 살짝 졸여 파
이지 위에 골고루 올려 오븐에 굽는다. 온 집 안이 버터 향으
로 뒤덮일 때가 바로 오븐에서 파이를 꺼낼 타이밍이다. 파
이가 바삭 부서지며 부드럽고 새콤달콤한 맛이 입안에 퍼지
면……. 할머니는 말을 멈추고 눈을 살짝 감았다. 할머니의
주름살이 부드럽게 물결치며 입꼬리가 살며시 올라갔다. 그
표정을 무나는 알아보았다. 그것은 어린 무나가 엄마에게 안
겼을 때 짓던 표정이었다.

　할머니의 이야기는 향과 색으로 가득했다. 그 시절엔 모든
것이 따스하고 빛났던 것 같다. 원래 기억이란 그런 거라고
할머니는 말했다. 살구 파이는 할머니의 엄마가 만들어 주던
것이었다. 할머니는 살구 파이를 정말 좋아했지만 1년에 한
두 번밖에 맛볼 수 없었다. 살구는 뜨거운 여름철 아주 잠깐
나오는 과일이기 때문이다. 1년에 한 번 어김없이 돌아오는
여름이라는 계절과 나무에 주렁주렁 열려 노랗게 익는 과일
에 대해 무나는 할머니에게 묻고 또 물었고 할머니는 그때마
다 설명해 주었지만 무나는 끝내 이해할 수 없었다.

　할머니는 평생 무나를 위해 음식을 만들었지만 이야기 속
에 나오는 음식을 해 준 적은 한 번도 없었다. 할머니가 만든

건 베스트밀뿐이었다. 식료품 가게에서 파는 게 그거 하나였다. 베스트밀이라는 상표명이 큼직하게 적힌 봉지에 든 가루를 물에 걸쭉하게 타서 먹거나 굳히는 게 요리법의 전부였다. 가루의 맛은 다양했다. 곡류와 고기, 생선과 해조류, 과일과 채소……. 초콜릿과 치즈 케이크 맛도 있었다. 하지만 아무리 찾아봐도 살구 파이 맛은 없었다. 베스트밀에서는 고기도 나왔다. 물에 타서 굳힐 필요 없는 진짜 고기, 무척 비싸서 어쩌다 한번 먹을 수 있었다. 할머니는 진짜 고기가 아닌 배양육이라고 했다. 무나는 진짜 고기가 뭔지 모르니 상관없었다. 배양육이라도 자주 먹고 싶었다.

할머니는 진짜 고기와 살구 맛을 아는 유일한 사람일지도 모른다. 할머니도 살구 맛을 잊었을 수도 있다. 할머니가 살구를 마지막으로 먹은 건 무나와 비슷한 나이였다. 그러니까 백 년쯤 전이었다. 할머니는 그때 모든 것이 시작됐다고 했다. 아니, 모든 것이 끝났다고 했다.

어쩌면 아빠 말대로 할머니는 정신이 좀 온전치 못한지도 모른다. 무나가 어릴 때 아빠는 종종 무나를 따로 불러 할머니가 무슨 얘기를 했는지 물어보곤 했다. 무나는 신이 나서 낮에 들었던 살구 파이 만드는 법이나 비 그친 뒤 하늘에 떠오르는 무지개와 북두칠성과 북극곰 자리에 대해 얘기했다.

다 듣고 난 아빠는 한숨을 푹 쉬며 할머니 말은 믿지 말라고 했다. 할머니는 마음이 아픈 사람이라고 했다. 그리고 이 얘기들을 밖에 나가서 절대로 해서는 안 된다고 했다. 그다음부터 무나는 아빠가 물어도 할머니에게 들은 이야기를 해 주지 않았다. 할머니의 이야기가 죄다 거짓말일 수도 있지만 무나는 상관없었다. 아빠가 노상 하는 1구역 얘기보다는 할머니 얘기가 훨씬 재미있었다.

할머니의 이야기는 대부분 이상했지만 특히 괴상한 이야기가 있었다. 배를 만든 사람에 관한 이야기였다. 어느 날 한 남자가 땅 위에 엄청나게 큰 배를 만들기 시작한다. 모두 남자를 미쳤다고 비웃었지만 남자는 아랑곳하지 않고 오랜 시간 끝에 배를 완성한다. 남자는 완성된 배에 자신의 가족과 동물 한 쌍씩을 태운다. 그러자 기다렸다는 듯이 비가 쏟아붓기 시작한다. 세상 모든 것이 물에 잠겨 죽고 사라지고 난 뒤에야 비가 그쳤고, 오직 배 안의 사람과 동물들만 살아남았다. 남자에게 배를 만들게 한 건 하느님이고, 하느님은 이 세상을 만들었으나 인간들을 벌주려 비를 내렸다고 한다.

"인간을 벌주려 했는데 왜 동물들까지 죽였어?"

무나가 할머니에게 물었다.

"글쎄, 하느님도 실수할 때가 있겠지."

"그럴 거면 애초에 왜 인간을 만들었어?"

"아마 그게 하느님의 가장 큰 실수였을 거야."

"이 비도 하느님이 내리는 거야? 벌주려고?"

"아니, 이 비를 내리게 한 건 인간이야."

"왜? 실수였어?"

"아니, 사람들은 다 알고 있었어. 하지만 무시했지."

"뭘 무시해?"

"이렇게 되리라는 경고를."

"왜 무시했어?"

"인간은 원래 어리석단다."

무나는 때때로 이 괴상한 이야기에 대해 곰곰이 생각했고 그러다 할머니에게 물었다. 하느님이 비를 그치게 한 것처럼 언젠가 이 비가 그치느냐고. 한참 뒤 할머니는 모르겠다고 대답했다. 그때 할머니의 표정을 보고 무나는 알았다. 할머니는 비가 그치지 않는다고 생각한다는 것을. 할머니의 눈은 무척 슬퍼 보였다. 하지만 무나가 틀렸다. 할머니는 단념하지 않았다. 오직 1구역에서만 의미를 지니는 단어로 말하자면 그것은 희망이었다. 할머니의 이야기는 희망을 말하는 것이었다. 할머니의 언어로 말하자면 그것은 기억이었다.

"무나야."

물잔을 내려놓으며 할머니가 말했다.

"서둘러야 할 거야. 내 기억이 틀리지 않는다면 일찍 오거든."

오늘은 할머니가 말한 그 애가 오는 날이었다. 늘 할머니의 꿈속에 나왔던 소녀.

무나는 한밤중에 길을 나섰다. 할머니 말대로 그 애가 오는 시간에 맞추려면 서둘러야 했다. 땅과 하늘이 만나는 곳으로 그 애가 온다고 했다. 믿기지 않았지만, 무나는 믿고 싶었다. 할머니의 얘기가 늘 그랬듯이.

꽤 오랫동안 걸었다. 소녀의 발은 축축하게 젖었고 추위 때문에 온몸이 떨렸다. 무나의 걸음도 전보다 느려졌다. 무너져 형체만 간신히 남은 집 앞에 멈춘 무나는 소녀에게 잠시 쉬어 가자고 했다. 다행히 지붕은 남아 처마 밑에서 비를 피할 수 있었다. 무나가 배낭에서 보온병을 꺼내 안에 든 것을 컵에 따라 소녀에게 내밀었다. 컵에서 희미하게 김이 났다. 그것을 마시고 나자 소녀는 조금 따뜻해지는 기분이었다. 무나가 그릇에 담긴 작은 사각형 모양의 것을 내밀었지만 소녀는 고개를 저었다. 무나는 더 권하지 않고 먹고 마셨다.

소녀는 비로소 주위를 살펴볼 기운이 생겼다. 한참 동안

발만 보고 걸었다. 무나의 손전등이 꺼져 어둠 속을 걸어야
했기 때문이다. 소녀는 눈을 멀리 두고 보다 놀랐다. 저 멀리
어둠 속에 빛나는 것이 있었다. 또다시 머릿속이 반짝, 하고
밝혀졌다. 뭔가 떠올랐다. 이번에는 놓치지 않았다.

"별."

"별?"

"그래, 별. 저기."

소녀가 손가락으로 가리키는 방향으로 무나가 고개를 돌
렸다.

"별이 저렇게 생겼어?"

"밤하늘에서 고요히 빛나지."

그런데 뭔가 이상했다. 별이 있을 곳이 아니었다.

"저건 1구역이야."

무나가 말했다.

"1구역?"

"응. 늘 불이 꺼지지 않고 빛나는 곳. 비가 내리지 않는 유
일한 장소."

"저기엔 비가 내리지 않아?"

"커다란 지붕으로 덮여 있거든. 절대 깨지지 않는 유리로
만든 돔."

"커다란 유리 돔?"

"아주 커. 엄청 높고. 점점 더 커지고 높아지고 있어."

"너도 저기 살아?"

"아니, 저긴 부자들만 살아."

무나의 아빠도 지금 저 1구역 안에 있다. 무나의 아빠는 유리 돔을 짓는 사람 중 하나였다. 변변한 보호 장치도 없이 수백 미터 상공에 매달려 지은 유리 돔이지만 아빠는 그중 단 1센티미터도 가질 수 없었다. 돔은 점차 커졌지만 더 많은 사람을 수용하기 위해서가 아니라 그 안에 사는 사람들이 더 넓고 높은 곳을 차지하기 위해서였다. 엄마가 무나에게 해 준 얘기에 따르면 유리 돔 안의 세상은 할머니의 이야기를 비추는 거울 같았다. 푸른 하늘과 깨끗한 공기, 기분 좋게 불어오는 바람, 나무와 꽃이 가득한 공원. 물론 모두 진짜는 아니었지만 상관없었다. 진짜가 무엇인지 아는 사람은 거의 없었고 알고 있는 사람들도 잊은 지 오래였다. 무나는 1구역이 할머니가 얘기해 준 배와 같다고 생각하곤 했다. 모두가 물에 빠져 죽고 그 안에 든 것들만 살아남는 배. 그들은 자기들만 살아남아서 기뻤을까.

"저 안엔 네가 말한 것들이 있을 거야. 꽃과 숲, 어쩌면 새도."

"도대체 무슨 일이 있었던 거야?"

소녀가 물었다.

할머니의 말에 의하면 오래전, 그러니까 무나의 할머니가 무나의 나이였을 때쯤 구름 씨앗을 하늘로 쏘아 올렸다고 했다. 지구의 온도가 너무 상승해서 그것을 막고자 한 방법이었다. 작은 물방울이던 구름 씨앗은 하늘로 올라가 점차 팽창했다. 효과가 있었다. 결국 지구 온도는 낮아졌다. 하지만 예상치 못한 부작용이 발생했다. 인위적으로 만든 구름은 엄청난 비가 되어 쏟아져 내렸고, 그 비가 다시 증발해서 더욱 두꺼운 구름이 되었고, 다시 비가 되어 내리길 끊임없이 반복했다.

"언젠가 비가 그치겠구나."

무나의 이야기를 듣고 나서 소녀가 조용히 말했다.

"비 대신 눈이 내리기 시작할 테니. 그러고 나면 모든 것이 얼어붙겠지."

무나는 소녀의 말이 맞을 거라고 생각했다. 그건 할머니가 얘기해 준 겨울과는 다를 것이다. 얼어붙는 모든 것에 자신도 포함되리라. 머지않은 일이었다. 그렇지 않은 미래의 가능성에 대해 할머니는 종종 이야기하곤 했다. 할머니의 얘기는 대부분 이상했지만 그 이야기는 얼토당토않았다. 의미는 알고 있지만 무나가 한 번도 써 보지 않은 단어로 말하자면 그것은 기적이었다.

무나와 소녀는 계속 걸었다. 두 번을 더 쉬고 걸은 끝에 집에 도착한 건 늦은 오후였다.

"할머니!"

무나는 집에 들어서며 소리쳤다. 소녀는 무나를 따라 집 안으로 들어갔다. 어두웠다. 발밑에서 썩은 마루가 위태로운 소리를 냈다. 무나는 방 안으로 뛰어 들어갔다.

"왔어요! 진짜 왔어요!"

어둠 속에서 부스럭거리는 소리를 소녀는 들었다. 무나가 양초에 불을 밝혔다. 주위가 희미하게 밝아지자 소녀는 침대에 앉아 있는 할머니를 볼 수 있었다.

"정말 왔구나. 정말 왔어."

할머니가 소녀를 향해 말했다. 할머니 얼굴에 주름살이 가득 퍼졌다. 우는 것 같기도 하고 웃는 것 같기도 했다.

"그대로야. 예전 그대로야."

"날 알아요?"

"그럼. 너를 마지막으로 본 건 아주 오래전이지만 한 번도 잊은 적 없어. 아침에 일어나자마자, 창밖을 내다보며, 빨래를 집 안에 널다가도, 식료품 가게까지 걸어갈 때도, 무나가 마당에서 진흙을 가지고 놀 때도, 무나를 유치원까지 데려다 주고 집으로 돌아올 때도, 무나가 비옷을 입고 학교에 갈 때도, 무나가 기침을 하며 오들오들 떨 때도, 잠들기 전에도, 춥고 어두웠던 시간 내내, 꿈속에서도 난 널 생각했어."

소녀가 무나의 할머니를 조용히 바라봤다. 무언가 속에서 따스한 것이 서서히 퍼지는 것 같았다.

"네가 오랫동안 보이지 않았지만 나는 믿었어. 넌 사라지지 않았다고. 언젠가 다시 올 거라고."

소녀는 뭔가 기억날 것 같았다. 점점 몸이 뜨거워지고 눈앞이 밝아졌다. 심장이 세차게 뛰었다. 소녀의 주위가 차츰 환해졌다.

소녀가 말했다.

"기억났어. 나는……."

그 순간 눈부신 광채가 쏟아졌다. 무나는 저도 모르게 눈을 감았다. 감은 눈꺼풀 위로 빛이 어른거렸다. 눈을 감은 채로 무나는 웃었다. 좋아서 웃음이 났다. 이게 바로 그거구나. 이렇게 따뜻하고 눈부신 거구나.

잠시 뒤 무나는 살며시 눈을 떴다. 서서히 눈이 익었다. 새로운 세상. 찬란한 빛과 열기가 가득 차 넘치는 곳. 무나는 처음 보는 광경에 흥분하고 기뻐 몸을 떨었다. 할머니가 말한 기적이고 마법이었다. 그러다 무나는 놀라서 할머니를 바라봤다. 소녀가 사라지고 없었다. 할머니가 미소를 지은 채 무나에게 고개를 끄덕였다.

무나는 창을 열었다. 단 한 번도 연 적 없는 창이었다. 힘을 주어 창을 열자마자 무나의 머리카락이 나부꼈다.

"바람이 좋구나."

할머니가 말했다.

이게 바람이구나. 무나는 난생처음 맞는 바람에 얼굴을 내밀었다. 부드럽고 간질간질했다. 참을 수 없이 웃음이 비어져 나왔다. 비는 완전히 그쳤다.

무나는 창을 활짝 열고 하늘을 향해 얼굴을 들었다. 거기에 있었다. 소녀가. 눈부시게 빛나는 태양.

"작별 인사도 하지 않고 가다니."

무나는 작게 중얼거렸다. 잠시 뒤 무나의 얼굴에 웃음이 넘쳐흘렀다. 대답을 들은 것 같았다. 태양 빛이 무나의 얼굴을 부드럽게 쓰다듬었다. 저 멀리 하늘 위로 부드럽게 활을 그린 희미한 띠가 보였다.

"할머니, 저거!"

"그래, 무지개야. 그 애가 우리에게 선물을 줬구나."

무나는 이상하고도 황홀해서 눈을 뗄 수 없었다.

"오늘이 하지야. 1년 중 그 애가 가장 밝고 찬란하게 빛나는 날."

할머니가 말했다. 할머니 목소리가 전과 달랐다. 또렷하고 힘이 있었다.

"정말이었네요, 할머니. 진짜 돌아왔어요."

할머니가 미소 지으며 말했다.

"하지에는 살구를 먹어야 해. 그래야 1년 내내 건강하거든."

"제가 살구 파이를 만들어 드릴게요."

언제가 될지 모르지만 그날이 분명 오리라 무나는 생각했다. 살구가 노랗게 익고 들판이 초록으로 물들고 새가 높이 노래하는 날. 무나와 할머니는 마주 보고 웃었다. 그리고 두 사람은 고개를 들어 하늘을 올려다봤다. 무나는 오랫동안 창 앞에 앉아 있었다. 태양이 무나의 몸을 따스하게 감쌌다. 멀리 1구역 쪽에서 금이 가고 부서지는 소리가 희미하게 들렸다.

작가의 말

얼마 전, 마당 있는 집으로 이사했다. 어느 날부터인가 마당에 작은 손님들이 찾아왔다. 손님들은 내가 대접한 것들을 먹고 마시고 꽃 냄새를 맡거나 잔디밭 위를 뒹굴거리다 돌아갔다. 싫어하는 눈치는 아니라 마음이 놓였다. 마당 풍경은 하루하루 바뀌었다. 어제보다 오늘, 풀색이 진해지고 토마토가 더 통통해졌다. 라일락꽃이 피었다 지고 수국이 피어나고 살구가 노랗게 익어 달콤한 냄새를 풍기더니 바람에 툭툭 떨어졌다. 장마에 모습을 보이지 않는 작은 손님들을 나는 걱정했다. 드디어 긴 비가 그치고 새와 나비가 날아오고 줄무늬, 치즈, 턱시도 고양이가 다시 찾아왔다. 반갑고 고마웠다.

땅을 파고 꽃과 나무를 심어 가꾸고 작은 손님들과 함께 마당에서 시간을 보내는 동안 전에는 보지 못하던 것들이 눈에 들어왔다. 공기에서 변화하는 계절을 느끼고 밤하늘을 올려다보며 내일의 날씨를 짐작해 보는 나날에 새삼 실감했다. 이곳은 인간만이 사는 곳이 아니라는 것을. 우리는 함께 살고 있다. 그리고 함께 살아가야 할 것이다.

첫사랑 49.5℃

초판 1쇄 발행 2022년 8월 5일
초판 3쇄 발행 2024년 1월 11일

지은이 · 금희, 박유진, 신현수, 이주혜, 임어진, 최상희, 탁경은
펴낸이 · 김종곤
편집 · 소인정, 김필균
조판 · 이보옥
펴낸곳 · (주)창비교육
등록 · 2014년 6월 20일 제2014-000183호
주소 · 04004 서울특별시 마포구 월드컵로12길 7
전화 · 1833-7247
팩스 · 영업 070-4838-4938 | 편집 02-6949-0953
홈페이지 · www.changbiedu.com
전자우편 · contents@changbi.com

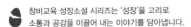
창비교육 성장소설 시리즈는 '성장'을 고리로
소통과 공감을 이끌어 내는 이야기를 담아냅니다.